小学館文庫

勘定侍 柳生真剣勝負〈三〉

画策

上田秀人

小学館

目次

主な登場人物

◆大坂商人

一夜《かずや》……淡海屋七右衛門《おうみやしちえもん》の孫。柳生家の大名取り立てにともない、召し出される。
七右衛門……大坂一といわれる唐物問屋淡海屋の旦那。
佐登《さと》……七右衛門の一人娘にして、一夜の母。一夜が三歳のときに他界。
喜兵衛《きへえ》……淡海屋の大番頭。
幸衛門《こうえもん》……京橋で味噌《みそ》と醬油《しょうゆ》を商う信濃屋《しなのや》の主人。三人小町と呼ばれる三姉妹の父。
永和《とわ》……信濃屋長女。妹に次女の須乃《すの》と、三女の衣津《いつ》がいる。

◆柳生家《やぎゅう》

但馬守宗矩《たじまのかみむねのり》……将軍家剣術指南役。初代惣目付《そうめつけ》としても、辣腕《らつわん》を揮《ふる》う。
十兵衛三厳《じゅうべえみつよし》……柳生家嫡男《ちゃくなん》。大和国《やまとのくに》柳生の庄に新陰流《しんかげりゅう》の道場を開く。
左門友矩《さもんとものり》……柳生家次男。刑部少輔《ぎょうぶしょうゆう》。小姓《こしょう》から徒頭《かちがしら》を経て二千石を賜る。
主膳宗冬《しゅぜんむねふゆ》……柳生家三男。十六歳で書院番士となった英才。

武藤大作《むとうだいさく》……宗矩の家来にして、一夜の付き人。
素我部一新《すがべいっしん》……門番にして、伊賀忍。
佐夜《さよ》……素我部一新の妹。一夜が女中として雇っている。

◆幕閣
堀田加賀守正盛《ほったかがのかみまさもり》……老中。武州《ぶしゅう》川越《かわごえ》三万五千石。
松平伊豆守信綱《まつだいらいずのかみのぶつな》……老中。武州忍《おし》三万石。
阿部豊後守忠秋《あべぶんごのかみただあき》……老中。下野壬生《しもつけみぶ》二万五千石。松平伊豆守信綱の幼なじみ。
秋山修理亮正重《あきやましゅりのすけまさしげ》……惣目付。老中支配で大名・高家《こうけ》・朝廷を監察する。四千石。
望月土佐《もちづきとさ》……甲賀組与力組頭。甲賀百人衆をまとめる。

◆江戸商人
儀平《ぎへい》……柳生家上屋敷近くに建つ、荒物を商う金屋《かなや》の主人。
総衛門《そうえもん》……江戸城お出入り、御三家御用達《ごようたし》の駿河屋《するがや》主人。材木と炭、竹を扱う。

勘定侍　柳生真剣勝負〈三〉　画策

第一章　対決の形

一

気合い声も発せず、柳生十兵衛三厳《やぎゅうじゅうべえみつよし》と弟左門友矩《さもんとものり》は対峙《たいじ》していた。

磨きあげられた檜《ひのき》の床に映った二人の影は、小半刻《こはんとき》（約三十分）近く微動だにせず、墨絵のようにも見えた。

「……むっ」

どこに隙《すき》を見つけたのか、左門友矩が木剣を振りかぶりながら、間合いを詰めてきた。

「おう」

すぐに十兵衛が応じて踏みこんだ。

三間《げん》（約五・四メートル）の間合いなど、二人で詰めれば一瞬でなくなる。

「やあああ」

少年の名残の甲高い声で、左門友矩が手にした木剣を真正面から撃ってきた。

「……くっ」

合わせて飛びこもうとした十兵衛が、大きく歩を変えて、右へ跳んだ。

「おのれっ」

空を斬った一撃を途中で止めて、左門友矩が追い撃った。

「ちい」

頰をゆがめながら、十兵衛が木剣でこれを受け止めた。

「なんの」

「……むう」

二人が鍔《つば》迫《ぜ》り合《あ》いに入った。

一刀を外されて追撃した木剣を止められた左門友矩も、かわそうとしたが間に合わぬと判断して咄嗟《とっさ》に木剣を出した十兵衛も、十分な体勢ではない。

「はっ」

「…………」

二人が合わせたかのように、後ろへ跳んで間合いを空けた。

「左門、殺す気か」

「なぜ、邪魔をする」

睨《にら》む十兵衛に、左門友矩が憎しみの目を返した。

「あの卑しき商人の子が江戸へ行けるのだ。吾《われ》が上様のおもとへ帰っても問題はあるまい」

左門友矩が低い声を出した。

「そなたはやりすぎたのだ。上様のご寵愛《ちょうあい》をいただくのは、柳生にとって諸刃《もろは》の剣になる。惣目付《そうめつけ》の息子が、上様の閨《ねや》に侍《はべ》っては困るのだ」

「なにが困る。旗本は上様のお気のままを受け入れるのが役目であろう。吾は畏《おそ》れ多くも上様より、閨へのお供を命じられたのだ。それに従ってなにが悪い」

十兵衛の説得に、左門友矩が反論した。

「惣目付ぞ。すべての大名を監察するのがお役目。清廉潔白でなければ、名分が立たぬ。柳生に一つの染みもないからこそ、大名どもを糾弾できるのだ」

大名たちの生殺与奪の権を与えられているに等しい惣目付の力は大きい。その惣目付が息子の尻で出世しているなどと思われては、詰問できなくなる。

「公明正大とは、尻の光のことでござるかの」

「惣目付どのは天下の安寧をお考えではない。上様のお世継ぎさまがお生まれになってはじめて、天下は争うことなく継承される。娘を差し出されるならば、御忠義でござると敬意も表しますするが、息子では……」

こう言われては、柳生但馬守宗矩《たじまのかみむねのり》はなにも言えなくなる。

これでは惣目付の役目ができぬと、柳生宗矩は左門友矩を病気療養と称して役目を辞させ、国元へ送り返した。

「柳生の名分、惣目付の清廉潔白など、上様のお心より軽いであろうが」

「……それはっ」

旗本として言い返してはならない理屈である。左門友矩の言いぶんを十兵衛は苦い顔で受け止めるしかなかった。

「たしかに上様のお心が第一である」

「ならば……」

「だが、なんでも上様の仰せのままとなれば、惣目付の役目は要《い》らなくなる。いかに上様がお出来になろうとも、神ならぬ身。すべてを見られるわけもない。惣目付は、その上様のお手助けをする役目である」

「上様に手助けなど不要じゃ。上様はすべてを司《つかさど》る……」

「なれば、よりそなたは上様のお側《そば》におれまい。上様がなんでもお出来になれば、剣術指南役も御成《おなり》の供先をお守りする徒頭《かちがしら》も要らぬのだぞ」

「…………」

剣術指南役添え役、徒頭を経験してきた左門友矩が黙った。

「そなたは不要ぞ」

「ない、そのようなことはない」

十兵衛に言われた左門友矩が大きな声を出した。

「上様より、かならず迎えに行くとのお言葉をいただいている」

「ま、真《まこと》か」

弟の口から出た言葉に、十兵衛は驚愕《きょうがく》した。

「次に上洛《じょうらく》するときは、かならず柳生へ立ち寄るとも」

「…………」

十兵衛が黙った。

「……それならば、大人しく上様をお待ちすればいい」

少しして十兵衛が、左門友矩が江戸へ行く意味はないと告げた。

「……我慢ならぬ。一夜《かずや》が江戸へ出たのだ」

「それがどうした。一夜は父に呼ばれ、柳生藩の勘定方を担うために江戸へ……」

「上様に目通りするのであろう」

「それは柳生家の息子として、お目通りをいただくこともあろう」

確かめる左門友矩に十兵衛は首肯した。

一夜が来るまでは、柳生家の男子は三人であった。

嫡男の十兵衛三厳と次男左門友矩、末弟の主膳宗冬《しゅぜんむねふゆ》の三兄弟は、すべてが家光《いえみつ》に目通りをしており、それぞれ役目を与えられていた。これは名門旗本でもまず与えられない厚遇であり、どれほど家光が柳生家を頼りにしているかとの証《あかし》でもあった。

そこへもう一人、妾腹《しょうふく》とも言えぬ一夜限りの情で生まれた一夜が加わった。

「あやつは若い」

「大坂での戦いのすぐあとの生まれであったはず。今年で二十二歳か。たしかに左門、おぬしより二つ歳下《としした》になるな」

なにが言いたいのかわからないが、十兵衛は数えた。

「若い。そしてなにより、面相がよい」

「はあ」

男前だと付け加えた左門友矩に、十兵衛が唖然《あぜん》とした。

「上様のお気に召すに違いない」

「ま、待て」

宙を睨むようにしている左門友矩を十兵衛が制した。

「そなた、なにを危惧《きぐ》している」

「あの一夜を上様がお抱きになられると思えば……」

「おい、左門。気を確かにせんか。そなたの考えているようなことにはならぬ」

妄想をしだした左門友矩に、十兵衛があきれた。

「なぜ、そう言いきれる……兄者」

左門友矩がゆっくりと宙から、十兵衛へと目を移した。

「ええい、気持ちの悪い動きをするな。ちょっと落ち着け。まずは、木剣を手から離せ。そこに置け。もちろん、吾も置く」

警戒されないように、十兵衛は静かに腰を落とし、木剣を床に置いた。

「木の刀……こんなものは要りませぬ」

同じように左門友矩が木剣を手放した。

「上様の寵愛を奪う者には……」

左門友矩が床の間に飾ってある家光から拝領した両刀へ顔を向けた。

「まちがえるな、左門。一夜は敵ではないぞ。あれは我らが弟、そして、柳生の家を強くするために必須な男である」

「……あやつが要ると」

「要る。絶対にだ」

十兵衛が左門友矩に強く言った。

「柳生が上様の剣術指南役としてあり続けるには、あやつの力がなければならぬ」

「剣も遣えないあいつが……」

「思い出せ。あやつはたった一度、そなたを見ただけで、癖を見抜いたのだぞ」

「首がわずかに動く……」

左門友矩が思い出した。

「あれも柳生の男よ。生まれたときからずっと商売をしてきたため、剣の素養はまったくないが、才能はある。ああ、あやつは剣術指南役にはなれぬ。剣術を極めるには、子供のころから不断の努力を重ねなければならぬ。あやつは今から地獄の修業をしたところで、かろうじて目録までいけばよいほうだろう」

目録は、剣術ではなかほどの腕だという証明であった。遣えるようになった技の名前を書いた巻紙であり、初歩をこえたという切り紙より達者ではあるが、免許や皆伝に比べると大人と赤子ほどの差があった。

「目録か」

鼻で左門友矩が嗤《わら》った。

「だから、一夜が上様にお目にかかることはない。勘定方なのだ、あやつは」

「たしかに兄者の言われるとおり。剣の柳生の血を引く者が、目録ていどなどあり得ぬ。銭勘定などの卑しきことをする者を上様にご覧に入れるわけはない」

ようやく左門友矩が納得した。

「わかったか。だから一夜には手を出すなよ」

「出さぬ。あやつが上様に近づかぬ限りは」

釘《くぎ》を刺した十兵衛に、左門友矩がうなずいた。

「では、吾は帰るぞ」

「明日も稽古をお願いする」

疲れた顔で告げた十兵衛に左門友矩が願った。

「道場を一通り見てからだ」

「それで十分」

左門友矩が十兵衛の条件を呑《の》んだ。

将軍家光の寵童《ちょうどう》であった左門友矩は、柳生の郷《さと》でもっとも高い丘の上に館を建てて住んでいる。大きさはさほどではないが、館の造りは豪勢であった。

「……くたびれた」

坂を下りながら、左門友矩の不満を受け止めさせられた十兵衛が嘆息した。

柳生の嫡男とはいえ、左門友矩に家光から与えられた館に住むことは許されていない。

「女と若い男を近づけるな」

左門友矩が柳生の郷へ病気療養という名目で帰るとなったとき、家光からそう厳命があり、家事から館の管理まで、すべては老爺《ろうや》が担当している。

たとえ兄弟でも、十兵衛が同じ館に起居するのはまずかった。

「まさか一夜にまで嫉妬するとは……よく主膳を殺さなかったな」

十兵衛は弟左門友矩の怖《おそ》ろしさにため息が出た。

主膳とは江戸にいる異母兄弟で、今は家光の小姓《こしょう》をしている宗冬のことだ。

左門友矩と主膳宗冬は、ともに柳生宗矩の側室の子で同年生まれであった。生母の格からいけば、正室松下《まつした》家の娘である主膳宗冬が上になるが、傾城《けいせい》とうたわれた左門友矩の母藤《ふじ》の寵愛が優《まさ》り、左門友矩が兄とされた。

武家にとって珍しいことではなく、あまりに格差がありすぎるときでもない限り、幕府も大名や旗本の届け出をそのまま受け取ってくれる。ただし、正室が産んだ子供は別になる。どれほど寵愛のある側室の子供であろうが、正室の子供には勝てない。そもそも婚姻が家と家との結びつきのためになされるのだ。その結びつきにひびを入れるようなまねをすれば、妻の実家と敵対するのはもちろんのこと、常識を知らないとして、他の家からも距離を置かれる。それこそ無理に後を継がせた側室の子供にも影響が及ぶ。

「いささか差し障りが」

「お断りいたす」

側室の子供との婚姻を断られることになる。

左門友矩と主膳宗冬の上下逆転は嫡男十兵衛がいたからこそできたことであった。

「いや……やったか。だから父も左門を引き離した」

十兵衛が嫌そうな顔をした。

「惣目付の子供が、兄弟で上様の寵を競い合った。それは黙って見ておれまい」

道場を前に、十兵衛が足を止めた。

「もし、左門友矩が柳生を抜け出し、江戸へ行ったら……」

ぶるりと十兵衛が震えた。

二

柳生家の江戸屋敷、その長屋で新たな生活を始めた淡海《おうみ》一夜は柳生家勘定方でため息を吐《つ》いていた。

「足し算、引き算くらい、まともにしてくれんかなあ」

一夜は勘定方に保管されていた帳面を見て、そのずさんさにあきれていた。

「さいわい、馬鹿なことを考えたやつはいいひんみたいやけど……」

商家が帳面をきちっとするのは、商いの証を残すという意味といつの時期になにが高く売れたかなどの記録を残すためであるが、もう一つ、金に触れる番頭や手代《てだい》の不正を見抜くためでもあった。

人はどうしても欲が出る。最初満足していた待遇でも、それに慣れてくると不満を持つようになっていく。

「これだけ働いているのだから、もっともらってもいいはずだ」

あるいはすべてを任されているという信頼を逆手に取ってしまうものも出てくる。

「少しもらっても気づかれないだろう」

こうして質《たち》の悪い者が、店の金や品物を私《わたくし》する。

「ええか、人を信じるのも大事や。信用でけへん者と取引なんぞでけへんからな。だからといって、すべてを託したらあかん。どんだけ疲れていても、面倒くさがらんと帳面を見いや。毎日、かならずな。それだけで要らんことをしにくくなる。辛《つら》い話やが、十人人を雇えば、一人はなんぞしでかすと覚悟し。そういった者をうまく使えるようになることが、一人前の商人や」

祖父で大坂一の唐物問屋の主《あるじ》である淡海屋七右衛門《しちえもん》の教えを一夜は忘れていない。

「計算間違いで赤字が出てるし……この出入り商人青地屋《あおじや》というのに食いものにされているわ」

一夜は目が凝ったと眉間を右手で揉《も》んだ。

「国元も酷《ひど》かったけど、江戸はもっとあかん」

江戸へ来る途中、国元によって帳面を見ている。そこでも出入りの商人にかなりふざけた取引を押しつけられていた。

「まあ、さすがは柳生はんというか、国元の代官もこっちの用人《ようにん》も勘定方も、殿さんを裏切ってない」

天下の剣術遣いの柳生家に仕えながら、裏で悪事を犯していたとわかれば、まちがいなく首と胴は分かれる。いくら金が欲しくとも、命よりは軽い。

「気楽なもんやで。剣だけ振ってれば一万石のお大名」

小さく一夜が口の端をゆがめた。

一夜は柳生宗矩が豊臣《とよとみ》家を滅ぼすために大坂へ来たとき、牢人《ろうにん》どもに連れ去られて乱暴されかけていた淡海屋七右衛門の娘との間に生まれている。

つまりは柳生宗矩が実父になる。

その柳生宗矩が旗本から大名に出世した。そのことで人手不足をおこし、なかでももとから薄かった勘定方を強化するために、一夜は呼び出された。

「大坂一の商人、いや天下に名を残す商人になる」

一夜を産んで死んでしまった母、産ますだけのことをしておきながら一度も会いに来なかった父、その二人に代わって一夜を育ててくれたのが祖父淡海屋七右衛門なのだ。

一夜にとって柳生宗矩は父でもない、ただの武士でしかない。そのどうでもいい父のために生涯を尽くすつもりなど端《はな》からなかった。

「炭も薪《まき》も絶対要るもんなんやから、ちゃんと値くらいたしかめんかい」

一夜が柳生家勘定方に悪態を吐いた。

「ごめんを」

一夜に与えられている勘定方の座敷の襖《ふすま》ごしに声がかかった。

「開けてええで」

帳面から目を離さずに、一夜が許可を与えた。

「素我部《すがべ》はん、なんや」

顔を向けずに一夜が、用件を問うた。

「声だけでわかりましたか」

「わかるわな。わたいがここへ来て、話をしたと言えるのは、殿さんと武藤《むとう》はん、そして素我部はんだけやし」

驚いた素我部に一夜が答えた。

「なにより、飯の恩は忘れへん」

江戸に着いた直後、食事の用意ができなかった一夜のもとに素我部が食事を差し入れてくれた。玄米の冷や飯握りと冷めた汁だけだったが、空腹を抱えて一晩過ごさなければならないと憂鬱な気分であった一夜にとっては、山海の珍味に勝るとも劣らぬ味であった。

「恩と言うてくれるか」

「なんや、怖いな」

喜んだ素我部に、一夜が帳面から目を離した。

「頼みがある」

「できることとでけへんことがあるけど、聞くだけは聞くわ」

一夜が素我部へ身体《からだ》を正対させた。

「妹を雇うてくれぬか」

「お妹はんを……」

一夜が怪訝《けげん》そうな顔をした。

「佐夜《さよ》という。今年で十六歳になった」

「花も恥じらう歳頃やなあ」

「聞けば、淡海どのは……」

「一夜でええ。淡海どのなんぞと言われたら背中が痒《かゆ》うなる」

小さく一夜が手を振った。

「いや、貴殿は百石の勘定頭どので、拙者は二十俵三人扶持《ぶち》の門番だ。身分が違う」

素我部がとんでもないと手を振った。

「なあ、柳生家で一番偉いのはどなたはんや」

「殿だが……」

一夜の質問の意図を素我部はくみ取れなかった。

「次は」

「ご一門衆でござろう」

「次は」

「……次は国元代官の松永《まつなが》どのか、江戸用人の松木《まつき》どのか」

続けさまに訊《き》いてくる一夜に、戸惑いながらも素我部が答え続けた。

「では、松永はんと松木はんのどっちが偉い」

「それは……」

素我部が詰まった。

「難しいやろ。まず但馬守はんが帰ることのできない柳生の庄を預かる松永はんか、この江戸屋敷を差配し、他家との付き合いも仕切る松木はんか。どっちも重要なお役や。優劣はつけられへんやろ」

「つけられませぬな」

素我部が首肯した。

「つけられへんということは、同格やということや。同格、すなわち家臣ということ」

「家臣は同格だと」

「そうやろ。やっていることも禄《ろく》も違うけど、目的は一緒や。柳生の殿さま、いや、お家《いえ》のために尽くす」

「…………」

同意しにくいと素我部が困った顔をした。

「まあ、これは建前や。これを言い詰めていけば、最後は将軍はんもお百姓はんも同じ主上の臣下で同格となるよってなあ」

一夜が苦笑した。

「ようは、わたいと素我部はんは同じ家臣ということで、あいだに壁を作らんといて欲しいねん。でなければ、わたいが馬鹿話できる相手が、武藤はんだけになってまう」

武藤大作《だいさく》は一夜を大坂まで迎えに来て、その後江戸まで護衛してきた柳生流の遣い手である。

二人きりで旅をしたことで、戯口《ざれぐち》をきくくらいの仲にはなっている。

「わかった」

素我部が了承した。

「しかし、他の者の前ではできぬぞ。調和を乱すとして、拙者が叱られる」

「それくらいわかってるで」

釘を刺した素我部に、一夜が苦笑した。

「で、妹はんを雇えとは、女中としてでええんか」

「うむ。足軽身分の娘だからな。お屋敷でご奉公というわけにもいかぬ」

確かめた一夜に素我部がうなずいた。

大名の奥というのはどこでも同じだが、家中《かちゅう》の娘で嫁入りしにくい状況にある者、花嫁修業の代わりとして出入り奉公する商人の娘らが多くを占める。

家中の娘は目見《めみ》え以上と目見え以下で扱いが違い、目見え以下の娘は掃除洗濯食事の用意と雑用をさせられる。

いや、なにが違うかといえば、給金が出るか出ないかである。

目見え以上の女中には、少ないとはいえ二人扶持や三石などの禄が与えられるが、目見え以下は無給が多かった。

衣食住は保証されるが、禄米や扶持米の支給はなく、里帰りのときに幾ばくかの小遣い銭をもらうだけである。

それでも奉公に上がる者がいるのは、実家で穀潰《ごくつぶ》しと罵られ、雑用女中として扱われるより、はるかにましだからであった。

「恥ずかしい話だが、佐夜を嫁に出すだけのものがない。かといって町屋に奉公させるわけにもいかぬ」

武士の娘を商人が顎で使うのは、面倒のもとになる。

素我部が苦い顔を見せた。

「口減らしかいな。江戸での給金はいくらぐらいや」

大坂の相場はわかっているが、江戸のはまだ調べてはいない。

「年に二両から三両というところか」

「あんまり大坂と変わらんな」

一夜が少し考えた。

「ほな、年三両と二分だすわ」

「いいのか。二両でも十分なのだ」

女中の生活は保障されている。給金は丸々手元に残った。

「衣服の代金や。さすがに女の服はよう買わん」

一夜が大きく手を振った。

「助かる。では、今夜でも妹を連れていく。気に入れば使ってやってくれ」

「今から頼むわ。お役目が忙しゅうて、長屋が無茶苦茶やねん」

顔見せは今夜だと言った素我部に、一夜が情けない声を出した。

「わかった」

素我部が苦笑しながら、了承した。

「……これでもうちょっと仕事ができる」

さすがに食事だけは摂《と》っておかないと、倒れてしまう。一夜は無理にでも日暮れ過ぎには長屋へ戻り、朝炊いた冷や飯にやはり朝作って残しておいた汁だけの夕餉《ゆうげ》を繰り返していた。

「さて……」

ふたたび一夜が帳面へと向かった。

三

何年もまともに帳面を手入れしていない。足し算引き算のまちがいなど日常茶飯事であり、それを検算するだけでもかなり手間がかかる。

「まとめて購入していながら割引もせず、いつもの値段で納品するなど、後々の付き合いは考えていないのか……江戸の商人《あきんど》は」

商売の基本さえも押さえていない。一夜はため息を吐いた。

「……まだ確認をしていないけど、柳生家は毎年数百両の支出超過に陥っている。これはあかんわ」

一夜が腰をあげた。

「松木はんは、どこや」

部屋を出た一夜が、出会った下僚に問うた。

「今なら、御用部屋におられるはず」

「おおきに」

応じてくれた勘定方の下僚に礼を言い、一夜は御用部屋へと向かった。

「松木はん、よろしいか」

一夜は素我部を倣って、廊下から声をかけた。

「淡海どのか、入られよ」

身分は勘定頭で用人の配下になる一夜だが、主但馬守宗矩の妾腹の子でもある。松木は同格の者として遇した。

「すんまへんな」

一夜は襖を開けて、御用部屋に入った。

「気になることでも」

一夜が座るのを待って、松木が尋ねた。

「松木はんは、柳生家にどのくらいの借財があるかご存じで」

回りくどいまねはせず、真《ま》っ直《す》ぐに一夜が問うた。

「借財はあると聞いているが、細かい金額までは知らぬが」

松木が困惑した。

「細かい端数はきっちり算盤《そろばん》を置いてからでないとわかりまへんけどな、この帳面が正しいとして、ざっと二千両をこえてますわ」

「に、二千両」

聞いた松木が驚愕した。

「年の利息が一割やとして、二百両が毎年無駄に消えてますなあ」

「…………」

松木が言葉を失った。

「六千石で二千両の借財、一万石になった追加分の四千石が遣えれば、借財は一年で消える計算になりますなあ」

旗本は幕府の年貢に合わせて四公六民が多い。ただし、大名になると五公五民に変えるのが慣例であった。それだけ出ていくものが増えるからだ。

基本、幕府は大名の内政に口出しをしない。それこそ九公一民でも、一揆《いっき》や強訴がおこらない限り、知らぬ顔をしている。

しかし、ひとたび不穏となれば、一気に対応が変わる。

今まで、柳生家は対応を変える側であった。だが、惣目付の任を外された今、対応をされる側になってしまっている。

「但馬守は切腹、柳生家は取り潰《つぶ》し。一族の男子は流罪」

惣目付という役目を厳しくおこなってきた反発が来る。他の大名ならば、減封、転封などで家の存続は認められる場合でも、柳生は厳しく処断をされる。

「無理だ。一万石になったぶんの軍役を増やさなければならぬ」

旗本大名には、幕府から軍役が課されている。石高に応じ、騎馬侍、徒侍《かちざむらい》、鉄炮《てつぽう》の数など細かく決められていた。

戦がなくなったとはいえ、軍役は守らなければならないものであり、満たない状況を長く続けていると、将軍家への忠誠心が足りないと罰せられる原因になる。

「数だけ揃《そろ》えて、禄を減らすというわけにはいきまへんか」

騎馬武者だと少なくとも百石は出さなければならないし、徒武者にも二十石からは要る。それを八十石、十五石と少なめに給して、数合わせでしのげばと一夜は提案した。

「それはならぬ。他家との兼ね合いもある」

松木が首を横に振った。

同じ一万石の大名が騎馬武者に百石出しているのに対し、柳生家が八十石だと吝《しわ》いという評判が出る。そして、大名はその評判を気にしなければならなかった。

「ほな、どないします」

もともと一夜も断られるだろうと思っての提案であった。もし、認められれば一夜の百石も減らされる。言い出しっぺが身を削らなければ、誰も従ってはくれないのだ。

「なぜ、借財ができたのだ」

　松木が問うた。

「今更そこですかいな」

　一夜が驚いた。

「……誰も申してこなんだのだ」

　さすがに気まずいのか、松木がうつむいた。

「あかん。報告はしっかりしてもらわんと。勘定方はとくにしっかりしとかんと、私腹を肥やしたと思われる」

　一夜が唖然《あぜん》とした。

「どうしたらいい」

「そうですなあ。できるかでけへんかは別にして、まず出入りの商人を全部取っ替えましょう」

　訊いた松木に一夜が答えた。

「全部……か」

「へえ。全部です。今まで柳生家に負担を押しつけてきたんです。このまま使い続けるわけにはいきまへんやろ」

淡々と一夜が告げた。

「しかし、今までの付き合いもある」

「付き合い……しゃぶられていたの間違いですやろ」

二の足を踏んでいる松木に、一夜があきれた。

「まだ江戸へ来てそんなになりまへんが、わたいが見て回った商店の値付けより、皆二割方高いでっせ。酷いとこなんぞ、倍や」

「……倍」

松木が呆然《ぼうぜん》とした。

「誰ぞ、勘定方を全員、呼べ」

吾を取り戻した松木が大声で命じた。

「……御用人さま、お呼びで」

「何用でございましょう」

柳生家の勘定方三人が用人の呼び出しに、大慌てで応じた。

「後は、淡海どのに預ける」

その松木が、あっさりと退いた。

「……かなんなあ」

押しつけられた一夜が嘆息した。

「ということなんで、わたいからちいとお話をさせてもらいますわ」

「…………」

話し始めた一夜に勘定方が目を向けた。

「お三方は、当家の借財がいくらあるか摑《つか》んではりますか」

「一千両ほどかと」

「拙者はものを仕入れる役目でござれば、存じませぬ」

「昨年は二百両ほどの不足を出したはずでござる」

問われた三人が答えた。

「…………」

ちらと一夜は松木を見た。

「…………」

先ほど一夜から教えられていた松木が苦い顔をした。

「このなかでもっとも上のお方は……」

別の質問を一夜は投げた。

「拙者でござる。勘定方の栖本源一郎《すもとげんいちろう》と申しまする」

年嵩《としかさ》の勘定方が名乗った。

「栖本はんですか。あらためてよろしゅうお願いをいたします。淡海一夜でござる」

一夜も名乗り返した。

すでに一度松木から紹介を受けている。といったところで松木が一夜のことを勘定頭になると伝えただけで、一人一人の紹介は受けていない。だが、家中で話題になっている一夜である。三人ともに一夜の素性を知っていた。

「ここ数日かけて、帳面を見させてもらいました。まだ算盤も置かず、暗算ですけどなあ。当家の借財は二千両をこえてまっせ」

「そんなにっ」

「馬鹿なっ」

「………」

三人がそれぞれの反応をした。

「そっちのお若いお方、お名前は」

「江崎作造《えさきさくぞう》でござる」

若い勘定方が答えた。

「江崎はんは、気づいてましたな」

一夜が目つきを険しいものにした。

「……江崎」

「おぬし」

栖本ともう一人の勘定方が、受け入れられないという顔をした。

「なぜ伝えぬ」

「無意味でござったゆえ」

怒りを含んだ栖本の問いに、江崎が横を向いた。

「なにが無意味だ」

より栖本が怒りを強くした。

「今年の初めに、去年二百両の不足が出たと報告いたしましたが」

江崎が感情の籠《こ》もらない声で返した。

「そのとき、栖本どのは、気にもなさらなかった」

「それは二百両くらいならば、今年の年貢が入れば返せると考えたからだ」

言われた栖本が少し都合の悪そうな顔で答えた。

「だからでござる」

「むっ」

江崎に突き放された栖本が詰まった。

「それに拙者は昨年より勘定方を承りました者。その前のことまで責を負ういわれはございませぬ」

「松木はん」

江崎の言葉に一夜は反応した。

「任せる」

松木が瞑目《めいもく》してうなずいた。

「……江崎はん。勘定方を辞め」

一夜が江崎に辞任を命じた。

「なにを。拙者は殿から勘定方を拝命いたした者。貴殿から辞職を言われる筋合いはございませぬ」

「……はあ」

「第一、勘定ができるのは拙者だけでござる。失礼ながらあとのお二人は、足し引きも怪しく、帳面も読めておりませぬぞ。拙者がいなくなれば当家の台所は回りませ……」

天を見上げた一夜に、江崎が述べた。

「黙り」

一夜が語る江崎を制した。

「……な」

遮られた江崎が息を呑んだ。

「算盤ができても、どれほど売り買いがうまくとも、大坂では周りと仲良くでけへん奉公人は、手代止まり。決して番頭にはしまへん。いや、淡海屋では、まちがいなく一年で追い出すわ」

「拙者を使えぬと」

「使えへん。いや、それどころか害悪や」

きっぱりと一夜が言った。

「きさまっ、殿のお血筋と思って大人しくしておれば、商人風情が拙者を役立たずと愚弄するか」

江崎が我慢しきれなくなった。

「はあ。勘定方だけでなく、対外のある役目にも使えへんか」

精一杯のため息を一夜は吐いて見せた。

「………」

追い撃つ一夜に江崎が声にならない怒りの顔をした。

「ええか。あんたが二百両の不足に気がついたのはええ。大坂では丁稚《でっち》でも気づくことやけどなあ。問題はそこからや。栖本はんに伝えた。それで終わりか。それだけやったら子供の使いやろう。なんもせん栖本はんも問題や。でも、見つけた者には責任が伴う。どうなったかを確認し、放置されているならば注意を喚起する。それでも有効な手立てを打とうとしないなら、どうしたらええかを考えなあかん」

一夜が江崎を煽《あお》った。

「なにもしなかったのが悪いのか」

「悪い。目の前で溺れている人を見つけておきながら、それを誰かに伝えただけで、沈んでいくのを見てるのと同じや。あんたは柳生家を見殺しにしようとしている」

「……上が動かないのだ。配下たる拙者はなにもできぬ」

さすがに家を見殺しと言われては、勢いも落ちる。江崎の言葉に勢いがなくなった。

「栖本はん、もう一度訊きます。なんで江崎はんの報告に対応なさらなんだんで」

「それは……」

話が飛び火した栖本が戸惑った。

「まさか、柳生家の財政を混乱させるために……どこかの細作《さいさく》ですか、あんたはんは」

「他家の間諜《かんちょう》だと言うか」

疑いに栖本が目を大きくした。

「それとも馬鹿ですか」

「淡海どの、口が過ぎるぞ」

あまりのことに松木が口を出した。

「お控えを。わたいに丸投げしたんでっせ」

「……しかしだな」

冷たく告げた一夜に松木が抵抗しようとした。

「殿さんの前でやりましょか」

「それはっ」

「ま、待ってくれ」

松木が息を吞み、栖本が顔色を変えた。柳生宗矩に失態を知られれば無事ではすまない。

「……まったく、勘定がわかってない」

一夜が首を左右に振った。

「栖本はん、勘定というのは一年ごとで終わるもんやおまへん。そもそも柳生家は武の家柄。いつでも戦えるようにしておかなあきまへん。そうですな、殿」

　一夜が閉められている襖の向こうに声を投げた。

「……気づいていたか」

「松木はん、さっきわたいが殿さんにと言うたとき、目がちらとそっちを見ましたやろ。それに御用部屋は御座の間と並びやしな」

　襖を開けて入ってきた柳生宗矩に一夜が答えた。

「殿」

「これはっ」

　勘定方があわてて、手を突いた。

「申しわけございませぬ」

　松木がばれたことを詫《わ》びた。

「よい。気にするな」

　手を振ってから、柳生宗矩が御用部屋の上座へ座った。

「続けよ」

　柳生宗矩が命じた。

「できるわけおまへん。殿が聞いてはるだけで、皆言いたいことが言えまへん」

「おまえは平気そうだな」

「皆さんと違《ちご》て、当家から放逐されても帰るところがおますので」

　平然と一夜が告げた。

「当家の財政はどうだ」

「このままやと十年で、商人の言いなりですな」

　問われた一夜が答えた。

「当家が、柳生が、商人ごときの言いなりになるはずはない。ふざけたことを申すな」

　江崎が一夜を睨みつけた。

「その原因はおまはんでっせ」

「拙者が……」

　冷たい目で見られた江崎が絶句した。

「藩政のほころびを放置していたというのに」

　一夜が唖然として見せた。

「報告したではないか」

「報《しら》せただけで終わり。それを勘定とは言いまへん。足らんなら、なにが原因で足りないのか、無駄遣いなら止《や》めるようにし、入ってくるものが少ないのなら増やすように考えるのが、勘定。足し算引き算だけできたら務まる、と思いなはんな」

逆らう江崎を一夜が叱りつけた。

「そこまでせねば……」

「せんと店、いや、違うた。お家が潰れますで。そうなってから、あのとき言ったはずやと胸張りますか。それはわかっていて放置していたと同じでっせ」

一夜が止《とど》めを刺した。

「江崎」

聞いていた柳生宗矩が声を出した。

「ご苦労であった。しばし、休め」

柳生宗矩が江崎を解任した。

「と、殿」

江崎が顔色をなくした。

「心配するな。勘定方からは外すが、新しい役目をすぐに与える」

「……はっ」

慰めるような柳生宗矩に、江崎が渋々承諾した。

「下がっていい」

柳生宗矩が江崎を退席させた。

「他の二人はどうする。代えるか」

「こっちに押しつけんとっていただきたいですわ」

勘定方だった連中の不満を一人で受けさせようとしている柳生宗矩に、一夜があきれた。

「お二人を外して、後どないしますねん。わたい一人では無理でっせ。その日その日の決算をするだけでええなら、一文の狂いも出しまへんけど。藩財政の回復とか、発展とかを考える余裕はなくなります」

一夜が拒絶した。

「ならば、どういたせばよい」

柳生宗矩が訊いてきた。

「とりあえず、家中から足し引きのできる者を部屋住みでも足軽でも、何でもええから身分を問わず、集めていただきますように」

「ふむ。で、この二人は」

扇子の先で柳生宗矩が栖本ともう一人の勘定方を指した。

「今までどおり仕事をしていただきます」

「……ほう」

なにも咎《とが》めないと言った一夜に、柳生宗矩が目を細めた。

「よろしかろう。そなたたちもよいな」

「はっ」

柳生宗矩の確認に、松木が代表して頭《こうべ》を垂れた。

「では、後を任す」

「すいまへん、殿」

立ちあがりかけた柳生宗矩を一夜が止めた。

「なんだ」

上から柳生宗矩が一夜を見下ろした。

「出入りの商家を変えてもよろしいか」

「好きにしろ。柳生の家のためならば、そなたの思うようにしてよい」

一夜の願いを柳生宗矩が認めた。

四

素我部一新《いっしん》の前に若い女が控えていた。

「佐夜、早かったな」

伊賀《いが》の郷から招いた妹の到着が、予定より一日早かったことに素我部は驚いていた。

「兄者の呼び出しとあれば、郷も文句は言わん。さっさと逃げ出してきた」

佐夜が平然と告げた。

「阿比留《あびる》か。まだ、あいつはあきらめておらぬのか」

聞いた素我部があきれた。

「わたくしより強くなければ、嫁がぬと申したにもかかわらず……」

嫌そうな顔で佐夜がため息を吐いた。

「夜這《よば》いをかけてくるだけならまだしも、眠り薬を井戸に入れる、畑に落とし穴を作るなど児戯に等しいまねをして」

「愚かな。忍《しのび》がなにかに固執してどうする。忍はすべてに情をかけぬのが信条。でなければ、何年も郷を離れて敵地に忍べぬ」

妹の話に素我部が首を横に振った。

「多少体術は優れていても、頭が足りぬでは困る。そんなやつの胤《たね》を腹で育むなど蛇穴に裸で横たわるよりも嫌じゃ」

佐夜が吐き捨てた。

蛇穴とは、山のなかにある巣穴のことだ。繁殖のころになるとそこに山じゅうの蛇が集まり、数日間絡み合って交尾をする。毒のない青大将などだけでなく、毒蛇の蝮《まむし》や山棟蛇《やまかがし》なども蛇穴を作る。そこに裸で放りこむのが、伊賀の拷問《せめどい》の一つであった。

「嫌われたものよな、阿比留も。あれでも郷では有望とされているのだが」

「少し柳生道場で修業したくらいで……」

佐夜は嫌悪の表情を変えなかった。

「まあ、江戸へ出てきた以上、郷の者ともう会うこともなかろう」

「それはずっと江戸におれということか」

素我部の言葉に佐夜が訊いた。

「うむ。そなたの任は、殿のお血筋のお方を籠絡することだ」

「ご一門さまを籠絡とは、おだやかではない」

佐夜が緊張した。

「事情を話さなければならぬが、ご一門といっても殿が大坂商人の娘に手を出して、生まれたお方でな。二十二歳になる今まで、ずっと放置していたのだ」

「それを今ごろになって江戸へ呼び寄せたと」

「そのお方、淡海一夜と名乗っておられるがの。大坂でも指折りの大商人の跡取りでな。勘定方の手薄な当家に必須な人材ということで召されたらしい」

「商人の息子か。それでは期待できぬな」

状況を理解した佐夜が独りごちた。

「なにを考えている」

思わず素我部が妹の目を見た。

「吾を組み敷ける男でないであろう。そのような男に操を与えるのは……」

「ご一門だぞ。百石の上士でもある」

「百石か。それならば食いはぐれはないな」

佐夜が満足そうにうなずいた。

「いや、それ以上だろう。大坂の豪商ならば、その財は十万石の大名にも匹敵するはず」

「おい。役目をわかっているのか。おまえの役目は、一夜どのを柳生に縛りつけることだぞ。そのまま嫁になって大坂で思うがままの生活をなんぞ、考えるな」

素我部が、佐夜をたしなめた。

「ちっ」

佐夜が舌打ちした。

「喰《く》うや喰わずの郷に戻らずともすむと思ったのだが」

山間《やまあい》にわずかな田畑が張りついているのが、伊賀の郷である。とても十二分に食べていけるだけの稔《みの》りはなく、昔から伊賀は忍としての技を他国に売りつけて生きてきた。

「一夜どのの妻となれば、郷に帰されぬぞ」

「よいのか。ご一門の妻が伊賀者で」

佐夜が身分の差を気にした。

「ご一門とはいえ、扱いは我らと変わらぬ。殿も使えるから呼び寄せられたようであるしな。気にはされまい。柳生家には立派な跡継ぎになられるお方がおられる」

「なるほど。吾が産んだ子には、柳生の名を継がせぬか」

忍は武士として扱われていない。他人にはできない体術を遣い、毒や暗器を平然と利用する忍を人外の者として嫌う者は多い。

「まあいい。とりあえず、そいつに抱かれればいいのだな」

「そうなるが、ちゃんと情を絡ませるようにしろ」

「天井の染みを数えているうちに終わることなど、たいしたことではないわ」

「阿比留の妻になるのは、嫌なのにか」

「ふん」

兄の嘆息を、妹はあっさりと流した。


結局、柳生宗矩が去っていった後、これから勘定方をどうするかなどの話を松木、栖本らとしたことで、一夜が御殿を離れたのは夜になってからであった。

「やることが多すぎやなあ」

疲れると愚痴がこぼれる。

「百石では安かったわ」

一夜が柳生家から与えられた家禄は百石である。これは一万石の柳生家では上から数えたほうが早い高禄になる。

といったところで、百石の手取りは五十石、それを精米すればさらに一割が減って四十五石、金にして四十五両ほどでしかなかった。

唐物問屋として大坂で鳴らしている淡海屋なら、これくらい一つの茶碗《ちゃわん》の売り買いで手にできる。

「一年で帰りたいけど、あかんやろうなあ」

一夜は武士になることが出世とは一欠片《ひとかけら》も思っていない。

「若いときの苦労は買ってでもしろと年寄りは言うけど、無駄な苦労は嫌やで。まったく」

柳生宗矩が一夜を手放すつもりはないと感じている。

「面倒やあ」

一夜は肩を落とした。

「はあ、これから帰って飯の用意か」

帳面の整理で、昼も喰っていない。もう、腹が空《す》いているのかどうかさえもわからなくなっている。それでも喰わなければ、どこかで体力を失い、倒れてしまう。

「もう、冷や飯汁でええわ」

味噌汁《みそしる》を温める気力さえ、一夜にはなかった。

「…………」

与えられた長屋は格に応じて、普通のものより大きい。玄関もある。屋敷のなかに設けられた長屋なので、一々出かけるからと閂《かんぬき》などかけてはいない。玄関板戸を開こうとした一夜が手応えのなさに唖然とした。

「おかえりなさいませ」

目の前で開かれた玄関板戸の向こうで、若い女が手を突いて出迎えた。

「えっ、あっ」

一瞬呆《ほう》けた一夜だったが、すぐに思い出した。

「素我部はんの妹はんか」

「はい。佐夜と申しまする」

兄と接していたときとは別人のように、佐夜が礼儀正しく名乗った。

「うわあ、別嬪《べっぴん》はんやなあ」

「…………」

素直な称賛に、佐夜は無言で微笑《ほほえ》んだ。

「ほんまに素我部はんの妹はんかいな。とても兄妹《きょうだい》とは思えんわ」

「兄は父に、わたくしは母に似ましたので」

佐夜が答えた。

「それはよかったと言うべきかいな」

一夜が首をかしげた。

「あのう、とりあえず上がっていただきますように」

玄関先で話をするのはよくないと、佐夜が促した。

「ほな、お邪魔しますわ」

吾《わ》が家でありながら、一夜は知らぬ家を訪れたかのような態度をとった。

「おかえりなさいませ」

変なことを言った一夜に、もう一度佐夜が迎える挨拶をした。

「ああ、そうや。ここはわたいの家やったわ。ほな、ただいま」

一夜が苦笑した。

長屋とはいえ、上士のものとなると居間だけではなく、家士たちの起居する部屋、客間、正室が使う部屋、息子や娘などの子供が使う部屋、それに台所、下男部屋、女中部屋、そして風呂場、厠《かわや》がある。厠にいたっては、主人とその一族、来客が使う上の厠、家士や小者《こもの》、女中用の下の厠と二つあった。

「片付けてくれたんかいな」

居間に入った一夜が、脱ぎ散らかした衣類や、敷きっぱなしの夜具がなくなっていることに驚いた。

「勝手にいたしてはどうかと思いましたが、よろしゅうございましたでしょうか」

叱られるのではないかといった怖《おそ》れを佐夜が口にした。

「いやいや。助かったわ。ええ加減、せんならんとは思うてたんやけどなあ。忙しゅうて後回しにしてたんや」

一夜が首を横に振った。

「あらためまして、素我部佐夜と申しまする」

「おっと。そうやった。淡海一夜や。お兄はんには、ここへ来た初日からお世話になってなあ。ほんまに助かってん」

頭を垂れた佐夜に、一夜が応じた。

「いたりませぬが、よろしくお願いをいたしまする」

「こっちこそや。給金は素我部はんに言うてた年三両二分でええか」

「そんなにいただいてよろしいのでしょうか」

佐夜が訊いた。

一両は一石、すなわち人が一年間食べるとされる米と等しい。人足仕事を一日しても百文ほどにしかならないのだ。衣食住の面倒を見たうえで、三両二分は悪くない待遇であった。

「もうちょっと出してあげたいんやけどなあ。まだ禄もろうてないんや。悪いけど、佐夜はんの給金こみで五両渡すよって、それでしばらく保《も》たして欲しい」

一夜が懐《ふところ》から紙入れを取り出して、そのまま佐夜に預けた。

「よ、よろしいのでございますか」

財布を預けられたことに佐夜が驚いた。

「ええよ。どうせ、お役目で遣う暇なんぞあらへんし」

一夜が手を振った。

「部屋は台所脇の女中部屋でええか」

「十二分でございまする」

「ああ、夜具も用意せんならんな。その金で足りるかな」

うなずいた佐夜に、一夜が懸念を見せた。

「お気遣いかたじけのうございまするが、実家より自前の夜具を持ってきておりますれば」

「そうか。助かるわ」

一夜が喜んだ。

「ふうう。すまんけどなあ、飯用意してくれるか。台所のお櫃《ひつ》に冷や飯がある。それを茶碗に盛って、鍋《なべ》に残ってる汁をかけてくれたらええ。残りで悪いけど、おまはんも食べてくれたらええし」

「はい。では、夕餉《ゆうげ》のご用意をいたしまする。その前にお着替えのお手伝いを」

羽織袴《はかま》姿の一夜に佐夜が近づいた。

「かまへん、かまへん。着替えは自分でできるさかい。それより飯を頼むわ。疲れ果ててるでなあ。早よ喰わんと寝てまいそうで」

一夜が手伝うより、飯をと頼んだ。

「では、急ぎましょう」

情けない顔をした一夜に笑いながら佐夜が台所へと向かった。

「素我部はんの妹はんかあ。大坂でも見んほどの美形やけど……裏が透けてるなあ」

羽織を脱ぎ落としながら、一夜は嘆息した。

「殿さんの手やなあ。女が一番男を縛る。まあ、佐夜はんやったら、縛られてもええと思わんでもないけど。信濃屋《しなのや》はんの娘はんと知り合ってなかったら、押し倒している自信があるわ」

一夜が苦笑した。

「……よっと」

袴を跳びあがるようにして脱いだ一夜が、用意されていた常着に着替えた。

「羽織と袴は明日も使うからなあ。しっかりたたまんとあかん」

替えは用意していない。大坂でも仕事中はずっと羽織を身に着けており、まさに豪商であった淡海屋の跡取りだったので、毎日着替えても一月《ひとつき》やそこら保つほど数はあった。

だが、その羽織はすべて商人が身に着けるために仕立てられたもので、武家のものとは微妙に形が違っている。

「予備を作らなあかんか」

一夜が呟《つぶや》いた。

江戸は徳川《とくがわ》家の本拠として、急速に発展している。毎日どこかに屋敷が出来、新しい店が開く。

「大坂より繁華やなあ」

豊臣《とよとみ》家が大坂を天下の城下町として発展させた。もともと堺《さかい》、尼崎《あまがさき》などの良港と商都を抱えていただけに、大坂はあっという間に拡大した。それを徳川家康《いえやす》は徹底して破壊した。

大坂の象徴であった大坂城は焼け落ちたうえに埋められ、その上に徳川家の大坂城が建てられた。

こうして大坂は徳川家のものとなった。

当然、徳川家の本拠地江戸は、それ以上のものでなければならない。大坂を凌駕《りょうが》しない限り、豊臣家の名前は残る。城はもちろん、城下町も大坂をはるかにこえたものにする。

徳川家の断固たる想《おも》いの上に、江戸の城下町は拡《ひろ》がり続ける。町が大きくなるには人が要る。家を建てるには材料も要るが、大工、左官、人足という職人が必須である。そして職人の世話をする者も集められる。

「人が集まれば、商いになる。江戸はこれから魅力あるなあ」

一夜は商人の目で見ている。

「お祖父《じい》はんが、あと十年、大坂を守ってくれたんやったら、わたいが江戸に淡海屋の出店を開いて……」

江戸と大坂の二都に店を持つ。それでこそ天下一の商人になる。

「唐物も飛ぶように売れるやろう」

もともと唐物とはその名のとおり、唐から渡ってきたもののことである。すでに唐は滅び、明《みん》となっているし、オランダ、イギリスなどの南蛮からの品も唐物として扱われている。

唐物は日常使いするものではなく、茶碗や壺《つぼ》、細工ものなど飾りや趣味で使うものである。当たり前だが、数は少なく、値段も高くなる。

高いものがそうそう売れるかと言われそうだが、天下が安寧になれば欲しがる者が増える。明日殺されるかも知れない、今夜奪われるかも知れない、そんなときに唐物なんぞ買うわけはない。だが、平穏になってくれば、生活に余裕が出てくる。とくに武芸を誇っていた大名たちが、争って購入してきた武具や鎧《よろい》などを仕舞った代わりに、唐物を欲しがり始めた。他家にないものを手に入れて、武名の代わりに自慢するのだ。

「当家にはこのような珍品がございましての」

「天下に二つとない銘品でございましてなあ。この焼き色が……」

よく理解しているようだが、実際は唐物問屋の持ちこんだものをそのまま買い取り、こう言えばいいと教えられた言葉を繰り返しているだけだ。

大坂の陣から二十年、戦場を駆け回っていた武名高き大名は隠居し、二代目、三代目の時代になっている。

さすがに父や祖父の影響もあるため、武をおろそかにはしていないが、文化のまねごともし始めている。

言いかたは悪いが、それこそ持ちこんだ品物を、その場で言い値のまま買い取ってくれる。

まさに唐物問屋にとって、百年に一度あるかないかの好機であった。

とはいえ、なんでもいいというわけにはいかなかった。買い手は見る目を持たない大名だとしても、客には目利きとして知られる豪商も呼んで自慢するだけに、変なものを売ればたちまちばれる。

「き、きさま、天下に二つとない銘品だと偽って、その辺のくたびれた壺を百両で売りつけおったな」

血の気が多く矜持《きょうじ》の高い大名を怒らせれば、店主の命はないし、幕府も処断を黙認する。

となると少なくとも明か南蛮から入ってきたものでなければならない。しかし、江戸にはそういった船が入って来なかった。

言うまでもないことだが、異国船は大坂や堺にも来ない。ただ、長崎《ながさき》や平戸《ひらど》の交易商人との付き合いは続いている。ようやっと町屋ができかけてきた江戸には、そういった伝手《つて》がなく、いい唐物は、博多《はかた》か大坂にしか届かなかった。

つまり江戸は唐物不足のなかにあった。

「店出せたら、儲《もう》かるねんけどなあ」

いくらなんでも柳生家の藩士が店をすることはできない。

「よろしゅうございまするか」

襖の外から佐夜の声がした。

「飯か。入ってんか」

待ちかねたと一夜が招き入れた。

「どうぞ」

膳を捧《ささ》げて佐夜が近づいてきた。

「温めてくれたんか」

味噌汁の匂いが強く、一夜の腹を刺激した。

「勝手にお米を使っていいかどうかわかりませんでしたので、冷たいもので申しわけもございませぬ」

佐夜が冷や飯について詫びた。

「ええで。汁が温かいだけでも……これは」

膳を覗《のぞ》きこんだ一夜が、佐夜に問うた。

「台所に大根がございましたので、その葉をお浸しに」

「……いただくで」

一夜が箸を出した。

「うまいなあ」

しみじみと一夜が感心した。

「おまはんも食べや。わたいはこの一杯でええから」

「かたじけのうございまする」

一夜の許しに佐夜が頭をさげた。

「明日は何刻《なんどき》にお起こしいたせばよろしいのでございましょう」

「六つ半（午前七時ごろ）には出たいから、六つ（午前六時ごろ）には頼むわ」

「はい」

一夜の求めに、佐夜がうなずいた。

第二章　商人の肚

一

唐物というものは高いだけにそうそう売れるものではない。それでも大坂一と言われる淡海屋七右衛門のもとには来客が途絶えなかった。

「なあ、淡海屋はん。なんぞええ出物はおまへんかな」

目の細い、壮年の商人が、淡海屋七右衛門に問うた。

「出物と言われましてもなあ。せめて茶器なのか、絵なのか、書なのかくらいは、決めてもらわんと」

淡海屋七右衛門が困惑した。

「なんでもよろし。お大名方が欲しがりそうなもんやったら、なんでもええ」

商人が応じた。

「…………」

淡海屋七右衛門が苦い顔をした。

「なあ、淡海屋はん。おまはんだけが儲《もう》けるのはどうやろう。聞いてますで。先日、黒田《くろだ》さまを相手にええ商売をしなはったと」

商人が下卑た笑いを浮かべた。

「大坂商人は一つといいますやろ。ちいとはお裾分けをしてもらいたいもんですなあ」

「……伊根屋《いねや》はん」

露骨な要求に淡海屋七右衛門が眉間にしわを寄せた。

「できたら一つで一箱くらいおいしい思いでけるやつがありがたい」

千両の儲けをさせろと伊根屋と呼ばれた商人は要求した。

「そんなもんはおまへん」

さすがに千両の儲けは無理だと淡海屋七右衛門があきれた。

「ほな、一番高い値付けをしはったもんを」

「一番高い値付けをしたもの……」

淡海屋七右衛門が首をかしげた。

「……となると唐物でなくなりますなあ」

「唐物ではないと」

「買い入れを求められて、購《あがな》ったもんですわ」

「なんですねん、それは」

「太刀でおますわ」

「刀……」

伊根屋が不思議そうな顔をした。

「そんなもんに値打ちがおますんか」

「あると思えばこそ、仕入れたんですが」

淡海屋七右衛門が伊根屋を冷たい目で見た。

「大坂一、いや天下一と言われる淡海屋はんの鑑定《めきき》に引っかかるほどのもんですか。

ちいと見せていただけまへんか」

「お断りしますわ」

伊根屋の要求を淡海屋七右衛門があっさりと拒んだ。

「むっ。なんでですねん」

「こっちにも都合というもんがおますよって」

淡海屋七右衛門が首を横に振った。

「こらあ、よほどのもんですなあ。ますます見とうなりましたわ」

伊根屋が興味を強くした。

「是非、見せていただきたい」

口調を伊根屋が変えた。

「永和《とわ》はん」

横に控えていた永和へ淡海屋七右衛門が声をかけた。永和は一夜と見合いをすませた京橋《きようばし》の味噌《みそ》問屋信濃屋三姉妹の長女であり、嫁入り修業という名目で淡海屋の手伝いに来ていた。

「なんですやろう」

永和が淡海屋七右衛門へ顔を向けた。

「一ノ倉の二階、左奥の刀簞笥《だんす》、その一番下の引き出しに入っている黒漆鞘《くろうるしざや》の刀を持ってきてくれるか」

「はい」

うなずいて永和が客間を出ていった。

「ええ娘はんですなあ。まだお嫁には」

「まだですわ」

「どないですやろ、今後のお付き合いもおますよってに、あの娘はんをお預かりできまへんか」

「預かる……」

「わたいの嫁には少し離れすぎてますよってなあ」

妾《めかけ》として寄こせと伊根屋が言った。

「………」

淡海屋七右衛門は返答さえしなかった。

「帰るときに、連れていかせてもらいますで」

伊根屋が口の端をゆがめた。

「お義父《とう》はん、これでよろしいの」

そこへ永和が刀を両手で抱えるようにして戻ってきた。

「ああ、それや。ご苦労はん」

淡海屋七右衛門が刀を受け取った。

「見せておくれな」

「手持ちのお金を見せていただかんと」

手を差し出す伊根屋に、淡海屋七右衛門は拒んだ。

「金は後で持ってくる」

「失礼ですけどなあ、伊根屋はんとの商いは初めてですやろ。それを付けにせいとは、さすがにあきまへんで」

淡海屋七右衛門が首を左右に振った。

「信用でけへんと」

「でけまへんなあ」

凄《すご》みを見せ始めた伊根屋に、淡海屋七右衛門は淡々と応じた。

「わたいにそんな態度をして、ええ度胸や」

伊根屋が不快そうに頬をゆがめた。

「その太刀、いくらや」

「五百両の値付けをしておりますわ」

「……五百両やな。今持ってくる」

「ああ、五百両ではお売りしまへん。儲けを乗せさせてもらいますよって」

平然と淡海屋七右衛門が告げた。

「儲け……なんぼ上乗せするつもりや」

「七百五十両いただきま」

「……二百五十両も儲ける気か」

伊根屋が驚いた。

「商いでっさかいに」

「よう吠《ほ》えた。この伊根屋を相手にな。わたいが大坂東町奉行の因幡守《いなばのかみ》さまと親しいとわかってのうえやろうな」

伊根屋が怒った。

因幡守とは大坂東町奉行の久貝《くがい》因幡守正俊《まさとし》のことだ。元和《げんな》五年（一六一九）から大坂東町奉行の座にあり、つい先年加増を受けて五千石になった能吏である。

「それがどないかしましたので」

淡海屋七右衛門が平然と返した。

「因幡守さまにお願いすれば、こんな店すぐに潰《つぶ》せるぞ」

「どうぞ、お好きなように」

露骨に脅迫してきた伊根屋に、淡海屋七右衛門は揺るがなかった。

「この対応、忘れへんで」

伊根屋が憤慨して立ちあがった。

「……その刀も女《おなご》もわたいが奪ってくれるわ」

そう言い捨てて、伊根屋が足音も高く去っていった。

「女もって、わたくしのことですやろか」

永和が怪訝《けげん》な顔をした。

「ええ女やさかい、妾に寄こせと」

「………」

事情を一言で説明した淡海屋七右衛門に、永和が氷のような目をした。

「気色悪いにもほどがおます」

永和が吐き捨てた。

「言わせてやりなはれ。もう、二度とうちには顔出されへんよってなあ」

淡海屋七右衛門が嗤《わら》った。

「大坂を舐《な》めすぎや。大坂は商いの町。商人が己の才覚と商品の質で、しのぎを削り合うところ。そこに御上《おかみ》の権威を持ちこんだらあきまへん」

「………」

感情のない淡海屋七右衛門の言葉に、永和が黙った。

「……わざとでございますか」

永和が真剣な眼差《まなざ》しで淡海屋七右衛門を見つめた。

「どうですやろなあ」

淡海屋七右衛門が楽しそうな顔で永和に笑いかけた。

「商売人は、あんまり御上と親しくなるのはよろしゅうおまへんよって。御上が商人も思うように使えると考えられては、後々祟《たた》りますやろ」

淡海屋七右衛門が笑いをさらに深めて続けた。

「触れて歩いているわけやおまへんけど、うちの一夜が柳生はんの息子やとあの阿呆《あほう》は知りまへんでした。知ってたら、どんなにうちが儲けているといったところで、絡んではきまへんわ」

「久貝因幡守さまはご存じでしょうに」

「因幡守はんは、伊根屋の訴えをどないしはりますやろ」

すらりと淡海屋七右衛門が太刀を抜いて見せた。

「それは……吉光《よしみつ》」

刀身を間近で見た永和が驚愕《きょうがく》した。

「さすがやなあ。一目で見るか」

「千両の刀で吉光。まさかっ」

「偶然手に入れることができたんや」

絶句している永和に、淡海屋七右衛門が語った。

「薬研藤四郎《やげんとうしろう》」

永和が震えあがった。

薬研藤四郎とは、柳生宗矩の父宗厳《むねよし》が仕えていた大和《やまと》の国主松永弾正《まつながだんじょう》久秀《ひさひで》の愛刀であった。鉄製の薬研に刺さるくらい鋭利でありながら、切腹に使おうとしても傷一つつけられない、主人に決して刃向かわない刀として知られ、松永久秀滅亡の後、明《あけ》智秀満《ちひでみつ》を経て豊臣家のものとなったが、大坂夏の陣で行方不明となっていた。

松永久秀との縁が深い柳生家にとって、薬研藤四郎はまさにあこがれの刀であり、ずっと手に入れようと探していた。

いや、柳生家だけでなく、徳川家も欲しがっている。

「金というのは、いろいろと便利なもんでなあ。こういったもんも探しようでは見つけられるねん」

「それをどうなさると」

「一夜を取り返すための道具として使う。柳生と取引するか、上様へ献上するか……」

千両の価値をあっさりと手放すと淡海屋七右衛門が言った。

「金で話がすむなら、それにこしたことはないやろ。商人の武器は金や。戦がなくなり戦うことのなくなった武士を、こっちの土俵へ引きずりこむ。それができれば、負けへん」

「畏《おそ》れ入りましてございまする」

どうしても一夜を大坂へ連れ戻すという淡海屋七右衛門の決意に永和が深々と腰を折った。

淡海屋七右衛門にあしらわれた伊根屋は、その足で大坂東町奉行所へ久貝因幡守を訪ねた。

「どうした伊根屋、顔色がよくないの」

久貝因幡守が伊根屋を見るなり言った。

「お力をお借りいたしたく、参じまして」

「そなたの頼みとあれば、否みはせぬが……あまり無茶は言うなよ」

頭をさげた伊根屋に久貝因幡守が警戒をした。

「じつは……」

伊根屋が淡海屋七右衛門の対応が気に入らないと話した。

「……伊根屋、淡海屋とは道頓堀川《どうとんぼりがわ》沿いにある唐物問屋の淡海屋か」

「へえ。その淡海屋でまちがいおまへん」

「帰れ」

久貝因幡守が手を振った。

「因幡守さま……」

なにを言われたかわからないのか、伊根屋が唖然《あぜん》とした。

「淡海屋にはかかわるな」

「なにを仰せで」

険しい表情の久貝因幡守に、伊根屋がおたついた。

「淡海屋は御上の惣目付《そうめつけ》とかかわりがある」

「惣目付……」

「そうだ。惣目付に睨《にら》まれれば、大坂町奉行など吹き飛ぶ」

久貝因幡守が首を左右に振った。

「なんで淡海屋が、惣目付さまと」

「淡海屋の跡取りが、柳生但馬守どのの庶子なのだ」

大坂の町を預かる大坂町奉行だけに久貝因幡守は、一夜が柳生宗矩に呼び戻されたことを知っていた。

「但馬守どのは、大名へ出世したことで惣目付を罷《や》めさせられているが、罪を得ての辞ではない。上様の剣術指南役はそのままということからもわかる」

罪を得ての免職ならば、将軍の側《そば》近くから外される。

「但馬守どのの口から上様へ、余の名前が伝われば……」

三代将軍家光の苛烈《かれつ》さは、大名旗本のよく知るところであった。

「申したぞ。二度と淡海屋には近づくな。あと、当分の間、余はそなたと会わぬ」

久貝因幡守が伊根屋に釘《くぎ》を刺した。

「はい……」

伊根屋が頭《こうべ》を垂れた。

二

幕府甲賀《こうか》組の頭《かしら》を務める望月土佐《もちづきとさ》は、惣目付秋山修理亮正重《あきやましゅりのすけまさしげ》の怒りを受けて、焦っていた。

「柳生但馬守を陥れる材料になるだろう」

二十年手紙の一つもやらなかった妾腹《しょうふく》の息子一夜を召し出した柳生宗矩の意図を秋山修理亮は探り出そうとしていた。

父らしいことをなにもしてこなかった柳生宗矩に、一夜がいい感情を持っていないことを秋山修理亮は利用しようと考えている。

そのために望月土佐を使ってひそかに一夜を呼び出し、柳生宗矩への不満を募らせ、獅子《し》身中《しんちゅう》の虫としようとした。だが、望月土佐を怪しんだ一夜によって、秋山修理亮との面談は拒まれた。

「役立たずが。次はない」

待ちぼうけを食わされた秋山修理亮は怒りを望月土佐にぶつけた。

「惣目付さまを怒らせれば、甲賀組など消し飛ぶ」

望月土佐が頭を抱えた。

幕府甲賀組は、関《せき》ヶ原《はら》の合戦の前哨戦《ぜんしょうせん》、伏見《ふしみ》城の攻略で徳川方についたことを契機に生まれた。もっとも伏見城を取り囲んだ石田《いしだ》三成《みつなり》率いる軍勢によって、甲賀より連れ出された女子供を磔《はりつけ》にかけると脅されたことで寝返り、伏見城は落城した。

しかし、徳川家康は、これを許した。

「吾《わ》が妻、吾が子を見捨てることは、人の情としてなし難し」

徳川家康は関ヶ原の合戦の後、甲賀の郷士《ごうし》を江戸へ招き、江戸城の表門である大手門の警衛をさせた。

「甲賀組には、引け目がある」

徳川家康の温情を受けて、甲賀組はある。つまりは、立ち位置が弱いのだ。

「使えぬ」

こう惣目付に判断されれば、組の未来《さき》はなくなる。それこそ門番を子々孫々までありがたがって受け継いでいくことになる。

「よし」

望月土佐が肚《はら》をくくった。


佐夜を雇ったことで、一夜に少しの余裕ができた。

「半日は出られるな」

一夜は帳面の確認をなんとか終えていた。

「まずは金屋《かなや》はんに挨拶《あいさつ》やな」

柳生屋敷を出た一夜は、江戸で最初に顔見知りとなった荒物屋金屋儀平《ぎへい》の店へ立ち寄った。

「いてはるかいな」

「これは、淡海さま。しばし、お待ちを」

まだ片手で数えられるくらいしか来ていないにもかかわらず、店先にいた手代《てだい》が、笑顔で応対してくれた。

「主《あるじ》ができると、奉公人もできるようになるなあ」

一夜は金屋儀平の手腕に感心していた。

「……笊《ざる》も買わなあかんなあ。佐夜はんの膳《ぜん》道具は、実家から持ってきたからなんとかなってるけど、台所の道具まではさすがに持ってきてへんわなあ」

鍋釜《なべかま》は意外と高い。嫁入りならば道具として持ってきても、女中奉公にそんな重いものは持参しない。基本、女中奉公というのは、着の身着のままで来て、後はすべて奉公先に用意されているのが普通であった。

「淡海さま」

考えている一夜に、奥から出てきた金屋儀平が声をかけた。

「ああ、金屋はん、お忙しいところ、すんまへんな」

「いえいえ。主なんぞ、置物と一緒でございますよ。普段は奥で静かに座っているだけ」

「いやいや、それができるちゅうのは、金屋はんのしつけが行き届いている証拠ですわ」

手を振った金屋儀平に、一夜が返した。

「店の前で立ち話とも参りません。どうぞ、奥へ」

「ありがたいお誘いやねんけどなあ、あいにくゆっくりでけへんねん。今日は挨拶だけやねん」

「挨拶ですか」

金屋儀平が首をかしげた。

「うちのことで、ちいと駿河屋《するがや》はんにお願いしたいことができたんや。そやけど駿河屋はんとは金屋はんの仲立ちで知りおうたやろ。勝手に二人で遣《や》り取《と》りするのは、礼儀に欠けるさかい、今からお願いに行くとおことわりを」

「義理堅いお方ですなあ」

一夜の説明を聞いた金屋儀平が感心した。

「わかりましてございまする。では、行きましょう」

「いや、そこまでしてもらわんでも」

一緒に行こうと言った金屋儀平に、一夜が無理はしなくていいと遠慮した。

「こんなおもしろそうなことを見逃すわけにはいきませぬ」

「おもしろいと」

一夜が驚いた。

「はい。一度会っただけの駿河屋さんに頼みごとをしに行く。わざわざわたくしのところまで話を通しにお見えになるほど義理堅い淡海さまが。なにもないということはございますまい」

「金屋はんも物好きやなあ」

一夜が苦笑した。

「物好きでなければ、商人はやってられません」

金屋儀平がほほえんだ。

「たしかに物好きでのうても商売はできるけど、大きな商いはでけへんわな」

なににでも興味を持つ者だけが、一流の商人になる。元値がいくらか想像さえ付かない異国から渡って来たものを高い金で仕入れ、それ以上の値付けをして売る唐物問屋なんぞ、その最たるものと言えた。

「参りました。では、ご一緒願えますやろうか」

一夜のほうから金屋儀平の同道を求めた。

「喜んで」

金屋儀平が首肯した。

その二人の遣り取りを、柳生屋敷の見張り当番であった甲賀者が人に紛れて見ていた。

「やっと出てきたと思ったら、また金屋か」

甲賀者が口のなかでぼやいた。

金屋の前で呼び止めた望月土佐が、一夜に軽くあしらわれたことを甲賀者は知っていた。

「二人で出かけるのか」

甲賀者が難しい顔をした。

「とりあえず、後を追うしかない」

組屋敷へ戻って、増援を連れてくるころには、一夜はどこかへ行っている。

「…………」

甲賀者の姿は、江戸でもっとも目立たない小身の武士の羽織袴《はかま》である。甲賀者は、下手《へた》に身を隠すようなまねをせず、堂々と二人の後を尾《つ》けた。

「賑《にぎ》やかですなあ」

歩きながら一夜が金屋儀平に話しかけた。

「大坂より繁華でございますか」

「負けてますわ。焼け跡から立ちあがった大坂も人は多いですけどなあ。江戸には勝てまへん」

問われた一夜が首を左右に振った。

「江戸は天下から人が集まってきてますやろ。それが大坂はない。大坂には美濃《みの》から西のお大名はんだけ。奥州《おうしゆう》や羽州《うしゆう》のお方は、ほとんどお出《い》でやおまへん」

「参勤交代ですか」

金屋儀平が告げた。

「そうですわ。九州や四国、中国のお大名はんは、大坂に立派な蔵屋敷をお持ちですけど、奥州の伊達《だて》はんや羽州上杉《うえすぎ》はんはなし。陸奥《むつ》の津軽《つがる》はん、秋田《あきた》の佐竹《さたけ》はんくらいしか蔵屋敷はおまへん」

「津軽さまと佐竹さま……北廻船《きたまわり》ですか」

「さすがやなあ」

すぐに気づいた金屋儀平に、一夜が感嘆した。

蝦夷《えぞ》や奥州の物産の売り買いを担っていたのは、近江《おうみ》商人と一部の大坂商人であった。近江商人は、敦賀《つるが》の湊《みなと》を荷揚げの地として、そこから琵琶湖《びわこ》、陸路を経て京へ昆布などを運んだ。

昆布や干し鮑《あわび》、干し海鼠《なまこ》などは京だけでなく、大坂でも珍重されている。敦賀の湊を使用している限り、近江商人には勝てない。なにせ、琵琶湖の水運は近江商人に握られているのだ。

「俵物は明との交易で高値で扱える」

明の商人は俵物と呼ばれる海産物を干したものを欲しがる。

「一緒にやりまへんか」

敦賀から瀬戸内海へ船を回らせるだけの理由と金を工面すべく、大坂の廻船問屋の一部が明と交易をしている博多商人を巻きこんだ。

長年北廻船を独占してきた近江商人ほどの量は扱えないが、こうして津軽の十三湊《とさ》や秋田の土崎湊《つちざき》と大坂を結ぶ航路ができた。

「淡海さま」

「なんですやろう」

あらたまった金屋儀平に、一夜が応じた。

「江戸は天下一の町になれますかな」

「なりますやろ。なんせ、江戸には将軍はんがいはりますで」

問われた一夜がうなずいた。

「北から南、東から西、すべてのお大名はんは、将軍はんのご機嫌をとらなあきません。かつて太閤秀吉《たいこうひでよし》はんが天下を押さえてはったときは、すべてのお大名はんが大坂に集まったように」

「はい」

一夜の意見を金屋儀平が認めた。

「ただし、商いでの天下は無理ですやろう」

「なぜでございますか」

金屋儀平が問うた。

「お祖父《じい》はんが、そしてわたいがいてますから」

「それは手強《てごわ》い」

一夜の冗談に金屋儀平が合わせてくれた。

「ふははは」

「ふふふ」

二人が顔を見合わせて笑った。

「西のほうが米を安定して穫《と》れるから」

まともな理由を一夜が告げた。

「でございますな。奥州も羽州も表高どおりの収穫はまず望めない。少し夏が冷えただけで、六分くらいまで落ちこむ。変動が大きすぎて、米の売り買いは博打《ばくち》になってしまいます」

苦く金屋儀平が頬をゆがめた。

大名たちは集まった年貢から、自家消費分を残して余剰分の米を売り、金に換えて政《まつりごと》をおこなっている。その米の売り買いをする二大市場が江戸と大坂である。もちろん、仙台《せんだい》や博多でも取引はおこなえるが、規模が小さく、値の動きも狭い。まとまった金にするならば、江戸か大坂に持ちこむしかないのだ。その米市場の大きさで、大坂は江戸を大きく引き離していた。

「米はすべてのもとでございますからなあ」

少し残念そうながら金屋儀平が同意した。

「武士が米やさかい」

一夜も嘆息した。

「駿河屋さまが見えて参りました。お先に話を通しておきまする」

紺地に駿河屋の文字と富士《ふじ》の形を白く抜いた暖簾《のれん》が見えたところで、金屋儀平が早足になった。

「江戸の商人でもできる人はできるなあ」

先ほどの話から一夜は、金屋儀平の見ているところが高いと感じていた。

「ちいと腹に力入れんとあかんなあ」

これから金屋儀平以上の大物、駿河屋総衛門《そうえもん》を相手にするのだ。

一夜がふんどしを締め直した。

三

一夜たちが駿河屋の暖簾を潜《くぐ》るまでを見ていた甲賀者が、急いで踵《きびす》を返した。

といったところで、日中に城下を尋常ならぬ速度で走り抜ければ、目立つ。夜ならば夜目の上を跳ぶという手立ても使えるが、他人目《ひとめ》がある今は、万一見られたときに注目されてしまう。

「焦りすぎじゃ」

甲賀者の後を素我部一新が追っていた。

「見張るだけでよいという殿のご命令ゆえ手出しはせんが……」

素我部一新が背中を気にしていない甲賀者にあきれた。

「組働きの甲賀と言われるだけに、一人一人の技では伊賀に劣るのは無理がないとはいえ、たまには後ろを見るくらいのことをせい。子供の相手をしているようで、おもしろくないわ」

やつあたりに近い文句を素我部一新が口にした。

「……まずい。お城へ向かっているな。百人番所か」

大手門を入ってすぐのところに、百人番所と呼ばれる甲賀者の詰め所があった。さすがにそこまでついていくことはできなかった。

「出てくるまで待つか」

素我部一新が少し考えた。

「いや、どうせ一夜のもとへ戻るはず。ならば……」

無防備な一夜の陰警固も素我部一新たち江戸屋敷詰め伊賀者の役目である。

甲賀者の接触は放っておけと言われているが、それ以外の面倒ごとへの対応は、素我部一新たちがしなければならない。

「君子危うきに近寄らずから、もっとも遠いやつだからな」

生まれが影響したのか、大坂で育ったというのが原因なのか、あるいはその両方か、一夜は商人としての矜持《きょうじ》が高い。

「親の手柄をそのまま受け継いだだけで、偉くなった気になるなんぞ、馬鹿ですと書いた看板を背負っているようなもんや」

とくに二代目、三代目を嫌っている。

「たしかに親の持っていたものは、子が受け継ぐのは当たり前や。商人でも大店《おおだな》の跡取りと露店の息子では、出発点が違う。違いすぎる。しゃあけど、なんも努力せえへんかったらどれほどの大店でも潰れるし、露店から表通りに三間《げん》間口の店を構えられるようになることもある」

一夜は辛辣《しんらつ》であった。

「上を目指して、夢を持ってあがくのが人や。人と生まれた限りは、棺桶《かんおけ》の蓋《ふた》が閉まるまで、できることはある」

その一方で一生懸命な者には甘い。

「佐夜もしっかり見抜かれている」

急ぎ足で駿河屋へ戻りながら、素我部一新が苦笑した。

佐夜を送り出した翌日、挨拶だと米を一斗手土産に一夜が素我部一新の長屋を訪れたときに、釘を刺された。

「寝込みは襲わんといてや」

「……なんでわかった」

今さらとぼける意味はない。素直に素我部一新が問うと、

「新町《しんまち》の大夫《たゆう》と同じ目をしてたわ。男を獲物と考えている女の目を」

「大夫……遊女か」

素我部一新が嫌そうな顔をした。

「そのへんの遊女と一緒にしたらあかん。江戸の吉原《よしわら》はまだ行ってないので、なんとも言えんけどな。大坂新町の大夫というたら、天下に名だたるもんやで。見た目がえのは当たり前、そこに和歌詩茶香音曲の知識がある。それこそ、華や」

一夜が新町遊郭の大夫を褒めた。

「当然、格式も高い。大夫と呼ばれる妓《おんな》は、会いたい、でどうにかなるもんやない。客にも相応の格を求める。基本は金があること。そして、金の遣いかたを知っていることや」

「金の遣いかたくらい、子供でもわかろう。要求された金額を支払う。いくら大夫といったところで、遊女でしかない。売りものならば、買えばいい」

「……あかんわ」

素我部一新の言葉に、一夜が盛大にため息を吐《つ》いた。

「大夫っちゅうのは、格式や。その遊郭に大夫が何人いるか、どこの見世《みせ》に大夫がいてるか、それが大きいねん。どうせ遊女や、閨《ねや》がうまかったらそれでええという客は、永遠に大夫を呼べへん。ああ、もちろん大夫もちゃんと閨ごとはうまいで。うまいどころか、一度でも大夫を侍《はべ》らしたら、他の妓なんぞ、案山子《かかし》のようなもんや」

「そこまで違うのか」

一夜の感想に、素我部一新が身を乗り出した。

「がっつきな」

近づいた素我部一新の顔を一夜が手で遠ざけた。

「閨ごとを急ぐと嫌われるで。大夫とは、まず話をすることから入るんや」

「おぬし、本当に今年で二十二歳か。五十歳をこえた男のようだぞ」

素我部一新が少し遠ざかった。

「二十二歳じゃ。女を見るなり押し倒すようなら、遊郭へ行かんでも、己で始末するほうが早いやろう。遊郭へ行く手間が要らんねんぞ」

一夜が言い返した。

「むっ、たしかに」

言われた素我部一新が納得した。

「大夫の閨ごとはな、予約する前から始まってるねん」

「会ってもないのにか」

「そうや。初めてその大夫と会うときは、憧れていた天下の美女との逢《あ》い引《び》きに落ち着かへんところから始まってる。心躍らせて逢《お》うたとき、男は天にも昇る思いになる」

「なるな」

素我部一新が同意した。

「そして天下の美女が、己だけに微笑《ほほえ》んでくれるんやで」

「たまらぬな」

思わずといった体《てい》で素我部一新がうなずいた。

「でもなあ、男というのは飽き性や。二度、三度と閨を重ねると、どれだけの美女でもあきてくる。売りもの、買いものの遊女と客やったら、いつでも捨てられる。他の妓へ移ればええだけや」

「それは……」

素我部一新がなんともいえない顔をした。

「遊女と妻は違うやろ。妻は子をなし、代を一緒に紡いでいく相手や。しかし、遊女は違う。遊女は遊びの相手で、ずっと付き合うものではないし」

「……………」

「それを大夫もわかっている。しゃあから、必死やねん」

「なにに必死だと」

「己を落籍《ひか》せてくれる男を探すことにや。ああ、豪商に妾として落籍されるんと違うで。ちゃんと妻として迎えてくれる相手を捕まえなあかん」

「なぜ、妾ではいかぬ。贅沢《ぜいたく》させてもらえるだろうし、別れるときも相応のものをもらえるだろう」

「甘いなあ」

一夜がため息を吐いた。

「捨てるものに金を出すか、おまはんは」

「出さんな」

「そうやろ。出しても涙金や。それで長く働きもせんと贅沢してきた女がやっていけるか」

「無理だろうなあ」

　素我部一新が認めた。

「遊郭の女たちの夢は、ちゃんとした妻になることや。それは大夫であろうが、ひとしきりなんぼの端《はした》遊女であろうが一緒。ただ、大夫の場合はなりふり構わないというわけにはいかんやろ。なんせ、遊郭を代表する格を持つ。妻として落籍されるからといって、適当にではすまへん。商家か大百姓、そのどちらかしかない。職人は仕事以外のことをせんからなあ、嫁はんが家を仕切らなあかん。いくら大夫とはいえ、そこまでの経験も知識もない」

「つまり、飾りとして置いてくれる相手でないと困る」

　素我部一新が理解した。

「ついでに男が馬鹿では困る。馬鹿のところに嫁いで、店を潰されたら目も当てられへんやろう。そうならんように、大夫たちは客を見極めている。大夫を揚げられるくらいやから財産があるのはわかっている。問題は、それを維持できるだけの器量があるかどうか、夫として生涯を預けるに足るかどうかが、大夫にとってもっとも大事な客選びや」

「佐夜も……」

「新町の大夫と同じ目《おんな》をしてたでえ」

天を仰いだ素我部一新に、一夜が止《とど》めを刺した。

「まったく、あやつの見《けん》は、忍《しのび》をこえる」

走りながら思い出していた素我部一新が小さく首を横に振った。


江戸城出入りの看板を持つ駿河屋の店構えはちょっとした旗本屋敷ほどの大きさを誇る。奉公人の数も多く、訪れる客も多い。

「お待たせをいたしまして」

少しだけ客間で待たされた一夜のもとに駿河屋の主総衛門が現れた。

「こっちこそ、申しわけもおまへん。お約束もなしにやってきてしまいまして」

一夜が深々と頭をさげた。

駿河屋ほどの大店となれば、主との面談を望む者は多い。取引の条件を相談したい各藩の勘定役、新たに付き合いを求めてくる客、駿河屋を利用して金儲けを考えている者、善悪を問わず、ひっきりなしに来る。

もちろん、そのすべてに対応することはない。誰を通し、誰を断るか。これは駿河屋の表を預かる番頭の差配になる。

昔からの付き合いもなく、一万石になったばかりの柳生家など断られても文句は言えない。その柳生家の家臣として不意に来た一夜に、主が忙しい合間を縫って顔を見せてくれた。これは破格の待遇であった。

「いやいや。わたくしのわがままでございますよ。淡海さまとのお話は面白い」

下座に腰をおろしながら、駿河屋総衛門が手を振った。

「お疲れのようですなあ」

同席した金屋儀平が、駿河屋総衛門の様子に気遣いを口にした。

「商いのことをご理解くださらない方が続きましてな」

駿河屋総衛門がため息を吐いた。

「なるほど。当家だけ格別な扱いをしろと」

すぐに一夜が思い当たった。

「さすがでございますな。淡海屋さんでも同じようなことが」

「当家出入りという看板を許してやるのだから半値にしろとか、ただで献上しろとか。おまはんとこの名前に価値なんぞあるかいといつも肚のなかで思いながら、お断りをしていおりました」

一夜も苦い顔をした。

「まったく。江戸城お出入りを許されている駿河屋に、そこいらのお大名家御用達《ごようたし》を

ありがたがれと言われましても」

駿河屋総衛門もうなずいた。

「こんだけの量を毎月月末払いで買うから、少し値段を考えてくれと言うならまだし

も、恩着せがましく上から来るなんぞ……」

「他のお方との兼ね合いもございますので、それはできかねますとお断りすると、当

家を馬鹿にするのかと怒り出されますし」

二人が顔を見合わせた。

「仕入れたものに利を乗せて売るのが商い。その利で商人は生きてます。それを儲け

を捨てろとか……武家はそれやからあきまへん。切り取り強盗武士の習いが根本にお

ます」

「腰の刀にもの言わすぞ」

「無礼討ちじゃ」

二人の愚痴がしばらく続いた。

「おっと申しわけございませぬ。今日のご用件を伺うことを忘れてしまいました」

駿河屋総衛門が少し明るくなった声で、詫《わ》びを告げた。

「すんまへん。じつは……」

柳生家出入りの商人の話を一夜が手短に語った。

「なるほど」

「よく聞く話ですな」

駿河屋総衛門と金屋儀平が首を縦に振った。

「情けないことでございますな」

「勘定を知らぬ武家も、それにつけこみ信用を気にしない商人も」

一夜も嘆いた。

「しばし、お待ちを」

一礼して駿河屋総衛門が一度客間を出て、すぐに初老の男を連れて戻ってきた。

「淡海さま、当家の番頭の伊作《いさく》でございまする」

「伊作でございまする。初めてお目通りをいたしまする」

「柳生家勘定頭の淡海一夜でおます」

伊作の挨拶を一夜が受けた。

「後を頼むよ」

「へい」

駿河屋総衛門が伊作に指図をした。

「では、申しわけございませぬが、中座をさせていただきまする。どうぞ、これに懲りられず、またおこしくださいますよう」

「次は前もってお願いをいたしまする」

途中でいなくなることを謝った駿河屋総衛門に、一夜が応じた。

「では、今度はこちらから茶会にお誘いいたしまする。では、御免を」

すっと駿河屋総衛門が去っていった。

「すんまへんな、番頭はん」

「いえ」

「これが地ですねん。さようしからばは勘弁してくださいよ」

一夜が伊作に普段どおりでお願いしたいと求めた。

「承知いたしました。では、早速ですが……こちらが当家の扱っている炭、薪《まき》、灯油の値段で」

懐《ふところ》から伊作が書付を出した。

「拝見」

受け取った一夜が書付に目を通した。

「ちょっと算盤《そろばん》を置かさしてもらいましても」

懐から小型の算盤を一夜が出した。

「……ふむ。ほう」

勘定をしながら、一夜が声を漏らした。

「まとめて買うと言えば、少しは安うなりますか」

「かまいませんが、商品と代金は引き換えとさせていただきまする」

一夜の問いに、番頭が答えた。

「どのくらい引いてくれはります。この十倍を買うとして」

「十倍ですと、さほど変わりませぬが……一割ほど」

「一割かあ。一万石ではこれ以上の買いつけは無理やしなあ」

多少の備蓄はしなければならないが、あまり多くを抱えるのは悪手である。屋敷の床下や蔵が一杯になれば、他のものを入れられなくなるうえ、なにかの拍子に火が入ればたちまち大火事になる。

「……それでも今より三割半ほど安いな。なにより駿河屋はんの品物や。まちがいはないやろうし」

「もちろんでございまする」

ちらと見た一夜に伊作が強く首肯した。

「これでお願いをいたしますわ」

「はい。納品はいつ」

「蔵の空きを見んならんので、明日にでも人をやりますよって」

「わかりましてございまする」

伊作がうなずいた。

「よし。これで一つ片付いたわ」

一夜が手を打った。

四

配下から一夜が柳生屋敷を出たことを報《しら》された望月土佐は、急いで百人番所を出た。

「今度こそ」

次はないと惣目付秋山修理亮から釘を刺されている。

惣目付は秋山修理亮だけではなく、井上筑後守政重《いのうえちくごのかみまさしげ》もいる。秋山修理亮を見限って、井上筑後守にすがるという手段もあるが、博打になる。

惣目付という役目上、隠密《おんみつ》働きのできる忍は要る。井上筑後守も今後甲賀組を手足のように使えるとなれば、秋山修理亮をなだめるくらいはしてくれるだろう。だが、今回柳生宗矩が大名に出世して惣目付から離れたように、井上筑後守がずっとその職にあるとは限らない。

仲介を頼んだ後、井上筑後守が異動や出世でいなくなれば、甲賀組は庇護者《ひごしゃ》を失う。そうなれば、秋山修理亮の恨みをまともに受けることにもなる。

「今度は逃がさぬ」

前回は目立たぬようにと望月土佐一人で一夜への対応をした。

「遅れるなよ」

今度はそれを踏まえて、望月土佐は配下の甲賀者を三人引き連れてきている。望月土佐が正面、残り三人で背後と左右を押さえれば、一夜を逃がすことはない。

「……まだおるか」

望月土佐は、一夜が用をすませて帰ってしまっていることを懸念していた。

「おまえたちは散っておけ」

「はっ」

「承知」

指図に従って甲賀者たちが、離れていった。

「……よし」

それぞれが配置についたのを確認して、望月土佐が駿河屋へと向かった。

「なにか御用でございましょうか」

店の土間で待機していた手代が、すぐに望月土佐のもとへ近づいた。

「こちらに柳生家の者が来ておるはずじゃ」

甲賀者とはいえ幕臣である。対して柳生宗矩の庶子ながら幕府へ届けも出さず、家臣となっている一夜は陪臣《ばいしん》でしかない。望月土佐の言いかたは正しい。

「たしかにお見えでございますが」

「これへ呼べ。儂《わし》は御上の旗本望月土佐である」

さすがに甲賀組とは言えなかった。

「しばし、お待ちを」

手代が奥へと入った。

仕事の話を終えて、一夜は伊作と雑談をしていた。

「西国の米は、江戸で売れますやろうか」

「それは難しいと思いまする。西国から江戸まで運んだだけ値段があがりましょう。庶民としてみれば、味よりも量でございますから」

「やっぱり……」

一夜は伊作の答えに肩を落とした。

「うまい米やからといって、高くても買《こ》うてくれるお人は江戸でも数えるほどですわなあ」

なんとか柳生家の財政を健全な状態にしなければならない。そのためにはなんでもやると一夜は思っていたが、柳生の石高は一万石、山間《やまあい》の地ばかりで表高と実高の差はほとんどない。つまり余剰の米は出ないのだ。

そんなことは柳生の庄へ行ってきた一夜にもわかっている。

もし、江戸で西国の、柳生の米が高く売れたならば、自家消費分を購入し、その差額分で政を回そうとしたのである。

だが、運送代が高くつけば、やる意味はなくなる。

「一つ消えたかあ。ちいと甘かった」

一夜ががっくりとうなだれた。

「たいへんでございますな」

伊作が慰めてくれた。

「……番頭さん」

そこへ手代の声がかかった。

「なんだい……お客さまに会いたいというお方さまが」

「お旗本の望月さまとお名乗りでございまする」

「淡海さま」

「金屋はん」

一度望月土佐と会っている一夜と金屋儀平が互いを見た。

「ご存じのお方で」

「存じておるというほどの仲やおまへん。一度、名乗りもまともにせず、ただついてこいと言うたので断っただけで」

「お旗本のお指図をお断りに」

「本物かどうかもわからんのに、なんで言うこときかなあきまへんねん」

驚いた伊作に、一夜が不満を口にした。

「どういたしましょうか」

廊下で待っていた手代が機を見て問うた。

「会いますわ。追い返すわけにもいきまへんし、そうなれば駿河屋はんにご迷惑がかかりますよって」

「お気遣いなく。お旗本のお一人くらい、当家にとってはどうという……」

「いやいや、こっちが気悪うなりますわ」

問題ないと言いかけた伊作を、一夜が遮った。

「ほな。お世話になりました」

「ご返事お待ち申しております」

立ちあがった一夜に、伊作が頭を垂れた。

駿河屋総衛門は別の来客に応対しているとのことなので挨拶するのはあきらめて、一夜は客間から表へと出た。

「……やはり」

「同じでしたな」

店の土間に立っている望月土佐の姿を見た一夜と金屋儀平がうなずき合った。

「……また、おまはんかいな」

精一杯の嫌味をこめて、一夜は頬をゆがめて見せた。

「…………」

なにも言わず、望月土佐が一夜に近づいた。

「甲賀組頭の望月土佐である。お名前は申せぬが、とあるお方さまがお話をしたいと仰せられている。同道いたせ」

表情を崩すことなく望月土佐が告げた。

「とあるお方さまのお名前は訊《き》いても無駄やねんやろうなあ」

一夜は望月土佐の事情を見抜いた。一度失敗したにもかかわらず、今度は己の正体を明かしてまで、また来る。とあるお方は、甲賀組の頭を使い走りにできるだけの力を持っている。ここで拒んでも同じことを繰り返すだけだと一夜はあきらめた。

「しゃあない。行きましょうか」

「淡海さま、お大事ございませんか」

金屋儀平が一夜の身の安全を危惧《きぐ》した。

「大丈夫ですやろ。金屋はんも駿河屋の番頭はんも、手代はんも見てはるんや。とあるお方と名前さえ名乗らへんお人が望月はんを使者に呼び出した。これでわたいになんぞあったら、そのお方はんの仕業となりますわな。わたい一人の口なら塞げば終わりますやろうけどな、駿河屋はんはお城出入りでっせ」

「………」

「まさにさようでございましたな」

一夜の言葉に望月土佐が黙り、金屋儀平が納得した。

「ほな行きましょうか」

「ついてこい」

促した一夜の先に望月土佐が立った。

「ああ、お連れはんもご一緒に」

一夜が望月土佐に告げた。

「なんのことだ」

「言わせたいんでっか」

とぼけようとした望月土佐に一夜が嗤った。

「……集まれ」

望月土佐が一夜を睨みながら合図を送った。

「……三人かあ」

一夜が呟いた。

「なぜ気づいた」

望月土佐が一夜を見つめながら訊いた。忍や武芸者でもない一夜に気づかれるようでは、甲賀者の恥になる。

「前回お一人でしたなあ。命じればついてくると思わはったんですやろうけど」

一夜が口の端を吊《つ》りあげた。

「とあるお方がどんなお人か知りまへんけどなあ。二度の失敗は許してくれはりませんやろ。今度は意地でも連れていかんと、あんたさんの立場が危ない。それこそ、金屋はんが見てても連れ去るか、別れた途端に囲んでくるか」

「……おまえは」

望月土佐があきれた。

「淡海さま……」

強行するつもりだったと一夜から聞かされた金屋儀平が顔色を変えた。

「頭……この商人も捕まえて……」

「止《や》めとき」

配下の甲賀者が金屋儀平に近づこうとしたのを一夜が制した。

「…………」

「これはこれは甲賀組の望月土佐はんやおまへんか、こんなところで……」

無視しようとした甲賀者を止めようともしない望月土佐の態度に、一夜が周囲の注目を集めるためと大声をあげた。

「こやつっ……止めよ」

一夜の行動に舌うちして、望月土佐が配下に命じた。

「黙ってついてきて欲しいのなら、要《い》らんことせんほうがよろし」

「こやつ……」

甲賀者が一夜を睨みつけた。

「望月はん、あんたはんの後ろにいてはる偉いお方から、あるていどの事情は聞かされてはりますやろ」

「…………」

一夜の確認に望月土佐が黙った。

「あんまり柳生をなめんほうがよろしいで。柳生には怖れが根付いている。一度潰されたという恐怖が。窮鼠《きゅうそ》猫を嚙《か》むという言いかたがおうてるかどうかはわかりまへんが、柳生は攻められたら、しっかりやり返ししますで」

「たかが柳生など敵でもないわ」

配下の甲賀者がいきがった。

「……大丈夫ですかいな、こんなんが配下で。望月はんも苦労しますなあ」

「なんだとっ」

「どういう意味だ」

甲賀者が憤り、望月土佐が怪訝な顔をした。

「首の上に乗っかってるもんは、なんです。頭ですやろ。少しは使いなはれ」

「きさまっ」

馬鹿だと言われた甲賀者が一夜へ迫った。いつでも殺せると言わんばかりに、右手を刀の柄《つか》に置いている。

「抑えよ。楽田《らくでん》」

望月土佐が割って入った。

「ですが……お頭」

「生かして連れてこいとのお指図ぞ」

我慢できないと目を血ばしらせる楽田に、望月土佐が険しい顔をした。

「……はい」

しぶしぶ楽田が引いた。

「おまえも、少しは畏れよ。我らは天下に名を知られた甲賀組ぞ」

望月土佐が一夜に苦言を呈した。

「ふっ」

一夜が小さく嗤った。

「儂にも我慢の限度はあるぞ」

望月土佐が声を低くした。

「やってみなはれ。まちがいなく甲賀組は潰されまっせ。それだけやない、甲賀の者はすべて天下の大罪人として根絶やし」

「……そんなことになるわけはない」

望月土佐が一瞬考えた後、首を左右に振った。

「柳生と伊賀が組んだところで……」

「おめでたいことや」

反論しかけた望月土佐に一夜が天を仰いだ。

「我らが弱いと申すか」

望月土佐から殺気が漏れた。

「わたいは組が潰されると言うたんや。柳生や伊賀に、そんな力があるか。いや、老中はんでも勝手に甲賀組を潰すことはでけへん」

老中といったところで幕府の役人に過ぎない。

「……なにが言いたい」

「甲賀組を潰せて、残っている甲賀者を天下の罪人にできるのは、どなたはんや」

「……そのようなことができるのは……」

訊かれた望月土佐が気づいて息を呑《の》んだ。

「そうや、上様や」

答えを一夜が口にした。

「なぜ上様が、甲賀組を潰すのだ」

「わからんのかいな。ようそれで隠密でございと言えるなあ」

もう一度一夜があきれた。

「…………」

さすがに楽田たちもわけがわからないのか、怒ることなく一夜の言葉に耳をそばだてていた。

「左門はんや」

「……左門さま」

答えを聞いた望月土佐の顔色が一気になくなった。

「吾が子が寵愛《ちょうあい》を受けていることで、惣目付としての役目に差し障りが出ると身を引かせたわけやろ。ほな、柳生が惣目付を辞めたら、なんの障害もなくなったちゅうこっちゃろ。柳生但馬守という人物にはめていた枷《かせ》を外してしまったんや。もう遠慮せんでええとなるのは当然」

呆然《ぼうぜん》としている望月土佐たちを前に一夜は続けた。

「一度潰されて喰《く》うにも困る苦労をした柳生や。潰されへんためにはなんでもするで。左門はんを江戸へ戻し、上様に甲賀組から攻められておりまするると囁《ささや》かせたら……どうなるかいな」

「甲賀は潰れる」

望月土佐が思わず漏らした。

三代将軍家光は苛烈なことで知られている。潰した大名も両手では足りない。なにせ実の弟を自刃という体をとっているが殺しているのだ。お目見えさえできない忍など、その辺の虫よりも簡単にひねり潰すことは疑いなかった。

「柳生から江戸へ来るまでの間に討ち取ればすむなんぞという甘い考えはしいなや。十兵衛はんをはじめとする大和柳生道場の遣い手を見てきたわたいが断言するで。左門はんは、別格や」

言いながら一夜が身を震わせた。

「思い出しても寒気がするわ」

「一同、下がれ」

望月土佐が配下の甲賀者に手を振った。

「はっ」

楽田たちが素直に従った。

「お手数だが、我らとご同道願いたい」

望月土佐が、ていねいに頼んだ。

「承知いたしましてござる」

一夜が武士然として応じた。

「ほな、金屋はん。またよろしゅうに」

「……は、はい」

にこやかに告げる一夜に金屋儀平が啞然としたままでうなずいた。

一夜たちがいなくなるまで棒立ちになっていた金屋儀平が、ようやく我に返った。

「す、駿河屋さま」

金屋儀平が駿河屋へ飛びこんだ。

「どうしたんだい。ずいぶんな血相だけど」

来客を見送りに出てきていた駿河屋総衛門が、金屋儀平の様子に驚いた。

「お、淡海さまが……」

「ここで話すことじゃなさそうだね。もう一度奥へ入りなさい」

駿河屋総衛門が金屋儀平を促した。

「番頭さん、しばらく誰も取り次がないようにね」

そう言って駿河屋総衛門が金屋儀平の後に続いた。

「……で、なにがあったので」

茶も出さず、女中を遠ざけて駿河屋総衛門が金屋儀平に問うた。

「先ほど駿河屋さまを出たところで……」

金屋儀平が経緯《いきさつ》を語った。

「甲賀者……また、珍しいものに絡まれたものですな」

駿河屋総衛門がため息を吐いた。

「それよりも……」

「わかっていますよ。淡海さまの機転と度胸。柳生家にはもったいないですな」

この場には二人しかいない。駿河屋総衛門が本音を口にした。

「今すぐ、この駿河屋を任せても大丈夫なご器量」

「そこまで」

「買いますよ。世は泰平、二度と豊太閤《ほうたいこう》さまのような出世はできなくなりました。御上が、それを許しませぬ。身分はくだれてものぼれない。となれば、才覚のある者は武士ではなく商人になる。商人ならば、才覚と努力次第で、いくらでも身上《しんしょう》を大きくすることができますからね。そして、どれほどの豪商でも、才覚のある者が継がなければ喰われてしまう」

驚いた金屋儀平に駿河屋総衛門が述べた。

「問題は、少し血の気が多いところでしょうか」

「たしかに」

血の気が多くなければ、甲賀者に喧嘩《けんか》を売ったりはしない。

金屋儀平が同意した。

「それにしても、甲賀者が淡海さまに用事とは、少しどころかかなり妙」

駿河屋総衛門が考えこんだ。

「柳生家は、お大名になられたばかり。そのあたりにかかわりがありますか」

「そういえば柳生さまは惣目付というお役目を務めておられたはず」

金屋儀平が思い出した。

「かなりの大名を潰したと聞きます。そのあたりも気にしなければなりませんか」

「駿河屋さま……」

「うちの娘の婿にできればなによりですが、淡海さまは大坂へ帰るのが目的だというお話でしたな」

「そのようなことを言われてました」

駿河屋総衛門の言葉に金屋儀平が首肯した。

「ならば、駿河屋大坂店を作りましょう」

「儲かりましょうな」

「さて、少し調べなければなりません。近いうちに御老中さまへお伺いをして参りましょう。どのような事情が出てくるか。楽しみでございますなあ」

楽しそうに駿河屋総衛門が笑った。

第三章　各々《それぞれ》の動き

一

老中という役目は多忙である。

「次の勘定頭には、是非吾《わ》が甥《おい》を。きっとお役に立ちまする」

「隣藩の者が、我が藩の領内に入りこみ、勝手に材木を伐採いたしております。ご注意を願いたく」

「なにとぞ、この案につきまして、上様へご奏上願いまする」

将軍御座の間に近い老中の執務部屋である上の御用部屋は、余人の立ち入りを認めていない。

陳情がある者は、上の御用部屋の前、入《い》り側《がわ》と呼ばれる畳廊下で、老中たちが出てくるのを待つことになる。

「お呼び出しを……」

なかには御用部屋の掃除などで出入りするお城坊主に、老中の誰々に会いたいと仲介を依頼する者もいる。

老中といえども人である。厠《かわや》へ行く、あるいは三代将軍家光《いえみつ》に、政《まつりごと》のことを相談、報告に行くとき、御用部屋を出る。

堀田加賀守正盛《ほったかがのかみまさもり》が御用部屋を出た途端、わっと陳情者が群がってきた。

「うるさい」

堀田加賀守が、近づこうとしてきた連中を一喝した。

「これより上様にお目通りを願う。寄るな」

子供のころから家光の側《そば》に仕え、その寵愛《ちょうあい》を受けてきた堀田加賀守である。さすがに十五歳をこえたころから、次第に閨《ねや》へ呼ばれなくなったが、それでも目をかけてもらっている。肉体から始まった男と男の愛は、やがて魂の繋《つな》がりへと昇華していく。肌を触れ合わせることの有無は価値を薄めていくが、より愛は深くなる。

堀田加賀守は、今でも家光に恋をしていた。

恋しい人に会う。男でも女でも、そのときは少しでも好感を持たれたいと考える。

髷先《まげさき》は乱れていないか、服装はあの方の目に映るにふさわしいか。

家光に会う堀田加賀守は、陳情者によって衣服が乱れるのを嫌った。

「後で聞いてくれる」

「おう」

「かたじけなし」

堀田加賀守の言葉に陳情者たちは喜色を浮かべた。

今の老中は、堀田加賀守を筆頭に松平《まつだいら》伊豆守信綱《いずのかみのぶつな》、阿部《あべ》豊後守忠秋《ぶんごのかみただあき》ら家光子飼いの者で構成されており、将軍親政を助けるだけでかつての土井《どい》大炊頭利勝《おおいのかみとしかつ》のような大政委任の役目は負っていなかった。

「どうした、加賀」

御座の間に入ってきた堀田加賀守に、家光が機嫌よさそうな顔を向けた。

「上様におかれましては……」

「止《や》めよ、止めよ。躬《み》と加賀の仲にそのような辞儀は不要であるぞ」

決まりきった賛辞を捧《ささ》げようとする堀田加賀守に、家光が嫌そうな表情で手を振った。

「はっ。畏《おそ》れ入りまする」

堀田加賀守が毎度繰り返される特別扱いにうれしそうにした。

「で、なんじゃ」

家光が用件を問うた。

「……日光東照社《にっこうとうしょうしゃ》の神域拡大につきまして、上様のお目通しをお願いいたしまする」

かつての余韻に浸る間も与えられず、用件を急《せ》かされた堀田加賀守が、少しすねたような口調で告げた。

「おおっ。偉大なる神君のご霊廟《れいびょう》にふさわしいだけのものであるか」

家光が身を乗り出した。

織田信長《おだのぶなが》、豊臣秀吉《とよとみひでよし》という二大英傑のもとで雌伏しながら、ついに徳川《とくがわ》家を天下人にのしあげた家康《いえやす》のことを家光は誰よりも尊敬していた。

「見せよ」

「はっ」

家光に手招きをされた堀田加賀守が嬉々《きき》として近づいた。

「……ご披見いただきますよう」

堀田加賀守が用意していた文箱《ふばこ》を差し出した。

「左門《さもん》……はおらぬか」

文箱の受け取りを小姓《こしょう》にさせようとした家光が、寵愛していた左門友矩《とものり》の名前を思わず口にしてしまった。

「…………」

堀田加賀守の雰囲気が冷たいものへと変わった。

「加賀、これへ」

そんなことを気にもせず、家光は堀田加賀守を呼んだ。

「…………」

無言で膝行《しっこう》した堀田加賀守が文箱を家光の目の前に捧げた。

「うむ」

文箱を取りあげた家光が何重にも巻かれた文箱の紐《ひも》を面倒くさそうに解《ほど》いた。

「面倒な」

この紐は家光の正室として江戸へ下向してきた五摂家鷹司《たかつかさ》の姫、孝子《たかこ》の供をしてきた女中たちが「この紐のように、上様のご治世が長く続きますようにとの縁起でございまする」と持ちこんできた京の習慣であった。

「紐の長さで寿命なんぞ変わるものか」

当初紐を短い昔に戻せと、気の短い家光は嫌がっていたが、

「なにとぞ、この乳母に上様のご長寿を祈らせていただきますよう」

家光が病になったとき、己は生涯薬を飲まないという薬断ちを誓ったほど迷信深い春日局《かすがのつぼね》の願いで、長いままとなった。

「もし、これが戦のことであれば、ひとときでも早く文の中身を知らねばならぬのだ。それが……ええい、切ってくれるわ」

長い紐が絡まった。

「上様、わたくしめが」

堀田加賀守が文箱を取りあげるようにして、紐を解いた。

「ご苦労」

中身を取り出した家光が、書付を広げた。

「……ふむ」

家光が開かれている絵図に手を伸ばした。

一昨年《おととし》の寛永《かんえい》十一年（一六三四）秋、家光は日光参拝をおこなった。

「再来年は祖父《じい》さまの二十一回忌にあたる。それまでに社を整えよ」

尊敬、いや崇拝する家康の廟所《びょうしょ》を家光は、より大きく荘厳なものにしようとしたのである。すでに甲斐谷村《かいやむら》藩一万八千石の大名、秋元但馬守泰朝《あきもとたじまのかみやすとも》が造営総奉行に任じられ、京、大坂から名のある職人、宮大工などが集められていた。

その秋元但馬守から家光に造営工事の様子が報《しら》された。

「このあたりをもう少し広げよ」

指先で家光が範囲を示した。

「お心のままにとは存じまするが、ここになにかをお建てになられるのでしょうや」

そうなると木々をかなり伐採しなければならなくなる。また、そこに建物を造るのか、それとも家光に供奉《ぐぶ》した大名の家臣たちを控えさせるためなのかで、伐採した後の土地の整備が変わってくる。

言うまでもないが、家康の二十一回忌には諸大名が日光に集まる。どれほどの大名であろうとも、日光東照社のなかまで家臣を連れて入ることは認められない。となれば、主君が参拝している間、家臣たちが待機する場所が要《い》る。

もちろん、その場所はすでに用意されていた。だが、山間《やまあい》の狭い日光では数万になるだろう諸藩の家臣の収容には不足している。

「辛抱させよ」

狭いだとか入りきらないだとかの苦情など、端《はな》から幕府は聞くつもりはない。いや、言わせさえしない。

だからといって、不満を抑えつけるだけではいつか反発になる。

徳川家は天下を手にしているが、これも豊臣のものを奪い取ったのだ。

「同じことをされても文句は言えまい」

いつか天下を狙う者が出てくるのは自然の摂理である。そのとき、天下に不満が溢《あふ》れていれば、小さな火事で終わるはずだった謀叛《むほん》が、燎原《りょうげん》の火のように広まってしまう。

外様大名だけではない。徳川家には、その天下を巡って競う相手がいた。

三年前に謀叛の疑いで自刃を強いられた駿河《するが》の国主徳川権大納言忠長《ごんのだいなごんただなが》は、家光の弟であったし、二代将軍秀忠《ひでただ》の弟として大領を与えられている尾張《おわり》、紀伊《きい》、水戸《みと》の御三家、秀忠の兄であった秀康《ひでやす》の子孫越前松平《えちぜんまつだいら》家など、いつ将軍になっても問題のない一門が何人もいる。

外様大名と違って、御三家などには、家康の血が流れている。外様大名だと、謀叛だ、簒奪《さんだつ》だと非難できるが、一門だとそのあたりがややこしくなる。

「将軍にふさわしくない」

それが天下に認められるかどうかは別だが、一門は家光を糾弾できる。

「征夷《せいい》大将軍に補す」

朝廷も家康の血を引いている御三家などだと、気が楽になる。

百万石の前田《まえだ》、天下最強の名をほしいままにする島津《しまづ》、関《せき》ヶ原《はら》の恨みを内包する毛《もう》利《り》などへ征夷大将軍を許せば、すなわち朝廷は徳川と敵対したことになる。

しかし、同じ徳川の名を冠する者ならば、朝廷を咎《とが》めにくい。

なにせ、それは徳川家のお家騒動でしかないからだ。

「馬揃《うまぞろ》えをなさるとあれば、土を固めなければなりませぬ」

堀田加賀守が広げる土地の使い道を問うた。

「馬揃えか、それもよいな」

家光が考えこんだ。

馬揃えとは、武将たちが馬を揃えて出陣する様子を模したもので、その武将の勢威を表した行事である。

とくに天正《てんしょう》九年（一五八一）二月二十八日に、洛中《らくちゅう》で織田信長が開催したものは、朝廷への威圧と、天下人としての権威を見せつけたものとして有名である。

すべての大名が参加するわけではないが、徳川家康の二十一回忌に、日光で馬揃えをすることは、家光の名を高めることにまちがいなかった。

「では、馬揃えを」

堀田加賀守も乗り気になった。

家光が総大将を務めるとなれば、副将としてその隣に控えるのは、老中である己の役目だと、堀田加賀守が意気ごんだ。

「いや、馬揃えは止める。するならば、京ですべきじゃ」

家光が首を横に振った。

「たしかに仰せのとおりでございまする」

薩摩《さつま》の島津、長州《ちょうしゅう》の毛利、福岡《ふくおか》の黒田《くろだ》、熊本《くまもと》の細川《ほそかわ》、徳川家に牙を剝《む》こうと考えている大名たちの多くは、京よりも西にある。その大名たちに馬揃えは見せつけられても、都の公家《くげ》、民たちにはかかわりない。

織田が豊臣が表舞台から去っていったのを見続けてきた徳川家は、天下がうつろうものだということを身にしみて知っていた。

「では、ここはなにに」

東照社のすぐ隣にある輪王寺《りんのうじ》、そこに近い林を切り開けと言った家光に、堀田加賀守が尋ねた。

「躬が墓所をそこに造る」

家光が告げた。

「上様の……ご廟所でございますや」

堀田加賀守が驚いた。

「寛永寺《かんえいじ》では……」

私淑していた比叡山《ひえいざん》の僧侶天海《てんかい》大僧正のために、すでに江戸には増上寺《ぞうじょうじ》という菩提《ぼだい》寺《じ》があるにもかかわらず、家光は江戸に寛永寺を建てている。

「あそこには位牌《いはい》を預けるだけでよい。躬は祖父さまの側におりたいのだ」

訊《き》きかけた堀田加賀守に、家光が述べた。

家光は異常なほど家康を慕っている。

そもそも家光は秀忠の長男ではなかった。秀忠は豊臣秀吉の命で娶《めと》った浅井長政《あざいながまさ》の娘お江与《えよ》の方に隠れて、女中に手を出し長男長丸《ちょうまる》を儲《もう》けた。

「妾《わらわ》ではなく、卑しき者に子を産ますなど」

これに江与が怒った。

江与は浅井長政と織田信長の妹市《いち》の間に生まれた三姉妹の末娘であった。長女の茶々《ちゃちゃ》は豊臣秀吉の側室となった淀《よど》殿、次女の初《はつ》は近江《おうみ》の名門京極《きょうごく》高次《たかつぐ》の正室となっている。

もっとも淀殿は大坂の陣で息子秀頼《ひでより》とともに自刃、初は今や将軍御台所《みだいどころ》となった江与に遠慮しなければならない立場と、境遇は変わってしまっている。

「わが伯父は織田信長公である」

もともと血筋に誇りを持っていた江与は、夫秀忠がどこの馬の骨かわからない女に手を出したということが許せなかった。

「上様の子じゃ。卑しき女のもとで育てるわけにはいかぬ。御台所たる妾が引き取って扶育してくれる」

江与は生まれて一年ほどの長丸を取りあげ、さらに生母を江戸から追放した。

それだけならばまだよかった。

「すまぬの」

嫉妬深い妻を御せなかった秀忠も悪いのだろうが、江与はとんでもないことをしでかした。

「疳《かん》の強い子よな」

母から引き剝がされ、愛情の欠片《かけら》もない扱いを受ければ、幼児がぐずるのは当たり前であるのに江与は我慢しなかった。

「疳には、灸《きゅう》がよい」

江与は二歳になるやならずやの幼児を押さえつけ、全身をもぐさで覆って火をつけた。

「……うう」

叫べないよう口にまでもぐさを詰めこまれた長丸は、あわれにも焼け死んだ。

「死にましてございまする」

淡々と報告する江与に秀忠は震えあがり、それ以降妻の言動に従うだけの夫になった。

「竹千代《たけちよ》は覇気のない子じゃ。信長公の御血筋とは思えぬ」

江与は吾が子である家光が大人しすぎると嫌った。

「それに比して、国松《くにまつ》は元気があるのう。国松こそ、跡継ぎにふさわしい」

二人目の男子国松、後の駿河大納言忠長を溺愛した。

「そうじゃの」

秀忠は江与の言葉を認めた。

将軍夫妻が嫡男でなく、その弟を可愛《かわい》がる。

「三代さまの座は、国松さまだ」

機を見るに敏な大名、旗本は家光ではなく、忠長へなびく。やがて、その風潮は江戸城をあげてのものとなり、家光はお付きの小姓からも見捨てられた。

「…………」

要らない子供扱いをされた家光が自刃を考えたのも無理はなかった。幸い、家光が懐刀《ふところがたな》を抜いたところを春日局が発見、大事にはいたらなかったが、このことは駿河に隠居していた家康を動かした。

「こちらへ参れ」

鷹《たか》狩りを口実に駿河から江戸まで出てきた家康は、江戸城で秀忠、江与、家光、忠長の親子と対面した。

隠居したとはいえ、家康は別格である。上座を占めた家康は、秀忠たちの挨拶を受けた後、家光を手招きし、その膝に乗せた。

「国松、そなたも参りなさい」

それを見た江与が、忠長をそそのかした。

「お祖父さま」

言われた忠長が近づこうとした瞬間、家康の表情が険しくなった。

「慮外者め。そなたは嫡男ではない。臣下として兄に仕える身分である。わきまえよ」

家康が忠長を叱り飛ばし、江与を睨みつけた。

「下がりなさい、国松」

初めて怒鳴られて呆然《ぼうぜん》としている忠長を秀忠が引き取った。

「徳川の家は、今後も長幼の序に従うべし」

それを見てうなずいた家康が、三代将軍は家光だと宣言した。

こうして家光は三代将軍となれた。

「建て直す」

将軍となった家光は、父秀忠が祖父家康の建てたものを潰《つぶ》して新たに建築した天守閣を破壊し、家康が建てた天守閣を模したものへと建て替えさせたりと、万事秀忠の残したものを消し去り、家康のころに戻そうとしたほど、家康を慕っていた。

「決して増上寺には入らぬ」

増上寺には秀忠と江与が眠っている。

家光が天海大僧正のために寛永寺を建てたころから、誰もがそうなると考えていた。

しかし、家光は寛永寺でもない、日光に葬られることを希望したのだ。

「土地柄、方角などを確かめ、将軍家の霊廟としてふさわしいかどうかを確かめねばなりませぬ」

「任せる。躬は日光で眠りたいのだ」

堀田加賀守の発言に、家光がうなずいた。

「では、一度御用部屋へ戻りまして、検討をいたしまする」

手を突いて辞去を伝えた堀田加賀守を、家光が呼び止めた。

「ああ、加賀守」

「なにかございまするか」

堀田加賀守が立ちあがりかけた姿勢を正し、家光を見上げた。

「躬が墓所だがの。殉ずる者どもへの配慮を忘れるな」

家光が殉死した寵臣《ちょうしん》たちも一緒に埋葬できるようにしろと付け加えた。

「……わたくしも御側に」

「もちろんじゃ。そなたも左門もな」

「………………」

家光の口から出た左門友矩の名前に、堀田加賀守が固まった。

望月土佐《もちづきとさ》と甲賀《こうか》者に囲まれた一夜《かずや》は、江戸城近くの空き屋敷へ案内された。

「ここで待て」

「いつまで」

望月土佐の指図に、一夜が問い返した。

「お見えになるまでじゃ」

「いつかわかってないんかいな」

一夜が盛大にあきれた。

「やんごとなきお方である。そちらのご都合に合わせるべきであろう」

「こっちから会いたいと望んだんやったら、二日でも三日でも待つけどなあ。そっちが無理矢理連れてきておいて、待っとけはないやろう」

「…………」

正論で返した一夜に望月土佐が黙った。

「そのやんごとなきというお方はんもお忙しいんやろうけどなあ、わたいもせんならんことがあんねん。なにより門限はどないすんねん」

武家の門限は厳しい。日が落ちるまでに屋敷へ戻っておかないと厳罰を喰《く》らう。

「黙って待て」

苦い顔をした望月土佐が消えた。

「見張りかいな」

甲賀者が二人、空き屋敷に残った。

「ほな、ちょっと帳簿付けを」

どうせ話しかけたところで、まともな返事は期待できない。一夜は懐から手製の帳面を取り出し、今日駿河屋《するがや》と取引することになったものの値段と消費について認《したた》め始めた。

「炭と薪《まき》と油かあ。これだけで年間百両以上は安うあがる。あと百両分かあ。できれば領内の振興に百両ほどは遣いたいなあ。となるとあと二百両削らなあかん。きついなあ」

一万石の柳生《やぎゅう》家の収入は四千石、家臣の禄《ろく》や扶持《ふち》を払えば、残るのは二千石ほどである。金にして一千八百両、それで柳生家は当主一族の生活、江戸屋敷と国元の経費をまかなっている。

「将軍家剣術指南役を務めているおかげで参勤交代を免除されているだけましやけど、もとが小さい。うちやったら一月で、いや、ものによったら一度の商いで稼ぐ金額や」

一夜は帳面に思いついたことを書き連ねていった。

「束脩《そくしゅう》を取ったとして、どれくらいになるか。国元だけで四百人ほどやから……節季ごとに一貫文もらうとして……百両か。道場の修繕費用や道具の代金もそこから出さなあかんしなあ。余るのは二十両から三十両。一年で百両内外かあ。束脩を取るとなれば、弟子も減るやろうなあ。ええとこ五十両残るかどうか」

一人で遣うなら五十両は大きい。だが、新田開発や一夜の考えた椿《つばき》の栽培となれば、五十両なんぞあっという間に溶けて消える。

「領内の百姓を賦役《ふえき》として働かすのは、あんまりええ手やないしなあ」

賦役は年貢の一種で、一年に決められた日数分、命じられた工事などに従事する。もちろん日当は出ないし、弁当などの支給もない。怪我《けが》をしたところで見舞金さえもらえない。

となれば、徴用された百姓たちもまじめに働かない。決められた日数のぶん、働いた振りをするだけ、そんな新田開発や山林の手入れなどしないよりましということになる。

「新田開発はまだどうにかなる。開発を庄屋や大百姓に丸投げして、できた新田は二十年ほど年貢を免じるとすればええ」

己の利益になるとなれば、人は動く。

「新田開発できたところで微々たるもんやし、二十年は儲けにならへんけど、最初に金がかからんのはありがたい」

甲賀者が見ていることなぞ忘れたように、一夜は筆を走らせた。

「加増いただいたぶん、人を増やさなあかんのがきついなあ」

軍役は決まりである。いざというとき決められただけの兵を出さなければならない。

「人が一番金かかる」

それを教えるために、一夜は一門扱いにしてただ働きをさせようとした柳生宗矩《むねのり》から百石をもぎ取った。

「百石もらってるだけの仕事はせんならん。でなければ、大坂者《もん》もたいしたことないと笑われる。倍づけはせなあかんやろ」

一夜は二百石の利を最低でももたらさなければならないと考えていた。

「お見えである。控えよ」

望月土佐が座敷に顔を出した。

「…………」

黙って一夜は帳面と矢立《やたて》を仕舞い、平伏した。

その右横を袴《はかま》を鳴らすようにして、人が通った。

「面《おもて》をあげよ」

座る気配の後、重々しい声が一夜にかけられた。

「………」

一夜がほんの少し頭を上げ、床の間を背に座っている秋山修理亮《あきやましゅりのすけ》の胸辺りを見るところで止めた。

「顔を見せよ」

「御免をくださりませ」

もう一度言われて、一夜は背筋を伸ばした。相手は名乗るどころか、顔を布で覆い隠していた。

「そなたが、但馬守の息子か」

「御直答しても」

直接遣《や》り取《と》りしていいのかと、一夜が陪席している望月土佐に問うた。

「かまわぬ。直答を許す」

返答は秋山修理亮からなされた。

「では」

姿勢を正して、一夜は答えた。

「但馬守が一子であるとは聞いておりまするが、その証《あかし》はございませぬ。生まれてこのかた二十年、手紙の一本も傅育《ふいく》料の一文もいただいておりませぬので」

「証はないと。なれば、一門かどうかはわからぬの」

「わかりませぬ。ですが、それはすべての親子に言えましょう」

　正体を明かそうとしない秋山修理亮に一夜は意趣返しを始めた。

「どういうことだ」

「妻が、側室が、妾が産んだ子は、絶対にお殿さまのお血を引いておりましょうや」

　怪訝《けげん》な顔をした秋山修理亮に一夜が告げた。

「妻たちが不義を働いたと申すのか。そのようなことあろうはずはない」

　秋山修理亮が反発した。

「奥さま方のお側に、男はいないと。ああ、怪しい動きをする男とは限りませぬ。忠臣の顔をしているか、あるいは医師、菩提寺の僧侶か、出入りの商人か」

「そのような者を奥が受け入れたと申すか」

　秋山修理亮の声に怒気が含まれた。

「受け入れたとは申しませぬ。ただ、無体を仕掛けられて無理矢理というのもございまする」

「あり得ぬ」

「殿さまに知られれば、大事になると口を閉じている……ということもございましょう」

「…………」

言われた秋山修理亮が黙った。

武士は体面を重んじる。もし、妻になにかあれば、その相手を探し出して討ち果たし、妻は自害させなければならない。どれほど慈しんでいても、そうしないと武家からはじき出される。

「女々しいやつじゃ」

「情に負けるとは」

こうなれば、己だけではない。出自を疑われた子供たちも世には出られなくなる。

「そなたもそうなるの」

秋山修理亮が反撃に出た。

「そうであって欲しいと心から望んでおりまする」

嫌味を一夜がいなした。

「むっ」

「御用はそれだけでしょうか」

不機嫌になった秋山修理亮に、一夜は問うた。

「……そなた柳生の勘定方だそうだの」

「そのように命じられておりまする」

秋山修理亮の確認に、一夜はうなずいた。

「柳生家の内証はどうじゃ」

「普通でございまする」

「……それではわからぬ。借財があるかどうか、隠し田などをしておらぬかを訊いておる」

ごまかした一夜に秋山修理亮が険しい口調になった。

「わたくしは柳生家へ来て、まだ二十日にもなりませぬ。とてもすべてを把握するなど無理でございまする」

「わかったことだけでよい」

「それをなぜお答えせねばなりませぬ」

ここで一夜は反撃に出た。

「どこのどなたさまかのお名乗りもなく、お顔も隠されておられる。そのようなお方に訊かれて、躊躇《ちゅうちょ》なく答えるなどあり得ますまい。もし、ご要望のとおりに語ったとしたら、それは偽りでありましょう」

「おい、無礼であるぞ」

望月土佐が一夜をたしなめた。

「顔を隠して名乗りもせずと、どっちが」

一夜が言い返した。

「やんごとなきお方は、そなたのような下人にお顔を見せぬものである」

「ふざけた話ですなあ。柳生家の内情を知りたがっているというだけで、大体わかりますけどな」

望月土佐への対応を一夜は普段どおりにした。

「むっ」

秋山修理亮が唸《うな》った。

「名乗れぬということで事情を推察せぬか」

「なんで他人に忖度《そんたく》せんならんので。したところで、わたいには一文も入らへんのに」

望月土佐の言葉に一夜が嘲笑した。

「きさま、武士の癖に金を欲しがるのか」

「金なしでどうやって生きていきますねん」

秋山修理亮の前で、一夜にあしらわれては今後はなくなる。望月土佐が興奮しだした。

「まさか武士の矜持《きょうじ》とか誇りで生きていると言いませんやろなあ」

「……………」

望月土佐が沈黙した。

「下がれ、望月」

あきれた声で秋山修理亮が手を振った。

「ですが……」

「下がれと申した」

「申しわけございませぬ」

繰り返されて望月土佐が退いた。

「欲しいのは金か」

「はい。金は欲しゅうござる」

一夜は秋山修理亮の問いに首を縦に振った。

「いくら欲しい」

「もらえるならば、千両箱でもいただきたく存じあげまする」

「そなた但馬守からいくらもらっておる」

「まだなにも」

「ただ働きか」

「一応、百石とのお約束は受けておりまする」

「一万石で百石とは、なかなかのものじゃな」

聞いた秋山修理亮が感心した。

「どうじゃ、百二十石で余に仕えぬか」

秋山修理亮が誘った。

「百二十石……ありがたいことですが、お断りいたしまする」

「なぜじゃ。二十石も多いのだぞ」

首を左右に振った一夜に、秋山修理亮が驚いた。

「柳生を裏切ったら、まちがいなく首と胴が離れまするので」

「…………」

真顔で言った一夜に秋山修理亮は反論できなかった。

「では、これにて」

一夜がもう話すことはないと辞去を求めた。

「今後も呼び出すぞ」

「応じられるときであれば、参上いたしまする」

あきらめないと告げた秋山修理亮に、一夜はどちらとも取れる答えを返した。

「望月、送らせよ」

秋山修理亮が、望月土佐に命じた。

「はっ」

「そなたではない。配下の者を一人つけてやれ」

従おうとした望月土佐を秋山修理亮が制した。

「おい」

「…………」

望月土佐に言われた甲賀者が、無言で首肯した。

「要りまへんのに」

一夜が嘆息した。

二

さすがに甲賀者が見張りを置いているだけあって、素我部一新《すがべいっしん》でも屋敷のなかへ忍びこむことはできなかった。

「……終わったか」

一刻《いっとき》（約二時間）ほどで、一夜が出てきた。

「……変化は見られぬの」

じっと一夜を見つめていた素我部一新が呟《つぶや》いた。

「ほう、甲賀者が一緒だとは」

一夜のすぐ後を警固するように甲賀者がついていた。

「…………」

素我部一新が緊張を見せた。

「陰供つきか」

もう一人の甲賀者、その気配に素我部一新が気づいた。

「ご相談申しあげねば……」

　素我部一新が消えた。

「なあ、甲賀者って普段はなにしてるんや」

　一夜が歩きながら、少し後ろにいる甲賀者へ問うた。

「…………」

「甲賀者って、どれくらいの禄なんやろか」

「…………」

「はあ」

　なにを訊いても反応しない甲賀者に、一夜はため息を吐《つ》いた。

「話をすることでお互いを知るんやけどなあ。それに答えたところで減るもんやないやろうに」

　一夜はもったいないと首を横に振った。

「もう、ここでええわ。子供やないさかいな。屋敷くらいまで帰れるわ」

　足を止めて一夜が甲賀者の見送りを断った。

「命じゃ」

　短く甲賀者が拒否した。

「そっちの都合やないか。押しつけんとってほしいわ」

一夜が文句をぶつけた。

「苦情を言う暇があるなら、さっさと歩け。屋敷に着いたら解放してやる。我らもやりたくてやっているわけではない」

一度一夜によって痛い目に遭わされている甲賀者は、冷たかった。

「そうかあ」

一夜は歩き出した。

座敷に残った秋山修理亮が覆面を外し、望月土佐を見下ろしていた。

「なんだあれは」

「……なんだと仰せられましても」

不満も露《あら》わな秋山修理亮に望月土佐が目を伏せた。

「まちがいないのだな、あれが但馬守の庶子に」

「はい。たしかに柳生但馬守さまが大坂の陣で出会った商家の娘と情をかわされ、できた子供でございまする」

まちがっていないと望月土佐が強調した。

「正体を明かしていないとはいえ、余に対してあれだけの口を利く。周囲は甲賀者に取り囲まれ、敵ばかりの状況で萎縮せぬなど……」

秋山修理亮が驚愕《きょうがく》を口にした。

「やはり柳生らしく、剣術の修業をしておるのか」

「いいえ。調べましたが、そのような気配はございませぬ」

肚《はら》の据わりが異常だと疑った秋山修理亮に、望月土佐が首を左右に振った。

「柳生の血だというのか……」

秋山修理亮が息を呑《の》んだ。

「いかがいたしましょうか。走狗《そうく》とならぬのであれば……」

少しだけ望月土佐が殺気を漏らした。

「ふむ。あやつを亡き者にするのもおもしろいか。柳生は勘定方の要を失うことになる……」

少し秋山修理亮が考えた。

「……いや、それはまずい。但馬守を警戒させるだけだ」

秋山修理亮が首を左右に振った。

「では、今後はどのようにいたしましょう」

「そうよなあ……」

秋山修理亮がふたたび考える振りをしながら、望月土佐に目で合図をした。

「……皆、下がれ。ここを覗《のぞ》かせるな」

すばやく意図を悟った望月土佐が配下を散らせた。

「これでよろしゅうございましょうか」

「うむ」

訊いた望月土佐に、秋山修理亮が満足そうな顔をした。

「どう見る、そなたは。但馬守がこと」

「お大名への出世のことではございませぬな」

表情から望月土佐が読み取った。

「そうよ。惣目付《そうめつけ》は旗本役と決まっているわけではないのにだ。御上が一万石になったからと惣目付を辞めさせるのは、いささか気になる」

秋山修理亮が懸念を表した。

「…………」

「そこに今さら庶子を呼び出した。六千石から一万石に増え、旗本から大名になったのはたしかだが、嫌っているだろう庶子を、一度も見たことのない息子を呼び出すのは理解できぬ。それこそ面倒を抱えるだけぞ。庶子とはいえ但馬守の血を引いている。

つまり、柳生の当主となりうるのだ」

「但馬守さまには、立派な男子が三人もおられまする。皆、上様にお目通りもすませておられまする。とても入りこむ隙はないかと」

望月土佐が秋山修理亮の危惧《きぐ》を考えすぎではないかと言った。

「上様のことを考慮したか」

「…………」

家光がどう出るかで変わるぞと秋山修理亮に指摘され、望月土佐が沈黙した。

「先ほど確かめたが、あやつの顔には左門友矩の面影がある」

「はあ」

徒頭《かちがしら》であった左門友矩と甲賀組はあまりかかわりがない。望月土佐があいまいな返答をした。

「もし上様がそのことを知られたら……お召し出しもあるぞ」

「それはっ」

「柳生の家督をあやつにと上様が仰せになれば、但馬守は拒めぬ」

驚いた望月土佐を見ながら秋山修理亮が述べた。

「それくらいわかっているはずの但馬守が、すべてを受け入れているのが……余は気に喰わぬ」

低い声ながら憤懣《ふんまん》をこめて、秋山修理亮が告げた。

「調べよと」

望月土佐が先回りをした。

「うむ」

重々しく秋山修理亮がうなずいた。

素我部一新は、一夜たちが帰り着く前に急ぎ屋敷へ戻った。

「殿……」

「素我部か。入れ」

柳生宗矩が座敷へ入ってよいと素我部一新に許可した。

「御免を」

「なにがあった」

素我部一新の表情を見て、柳生宗矩が目つきを真剣なものにした。

「淡海《おうみ》のことでございまする」

本日のことを素我部一新が語った。

「駿河屋のことは気にせずともよい。問題は甲賀者か」

聞いた柳生宗矩が難しい顔をした。

「片付けまするや」

「そうよな。甲賀者の立場は弱い。惣目付の誰かに命じられれば逃げられぬ。柳生に挑むなど愚かなまねとわかっていてもな。哀れではあるが、敵に情けをかけるなど、禍根を残すだけである」

柳生宗矩の表情がより厳しくなった。

「そもそも余が惣目付であったころは従順でありながら、外れた途端に敵対するなど……余を甘く見ておるとしか思えぬ」

憤懣を柳生宗矩が露わにした。

「やりようはいくらでもあろうに。もっともよいのは、ひそかに余のもとを訪れて、誰それからこのような指図がありましたと報告することじゃ。さすれば、こちらも渡せる話を甲賀者を通じて流してやるものを。それができぬというならば、見張っている振りをし、守りが堅くうかつなまねはできませぬとときを稼げばいい。惣目付は忙しいのだ。いつまでも成果のあがらぬことにかまけている暇はない。いずれ、もう柳生のことはよいとなるのは見えている」

柳生宗矩が感情のこもらない声で語った。

「では……」

甲賀者を襲うにも屋敷に着く前でなければ、面倒になる。一夜と別れた帰りこそ本番と甲賀者は警戒を強める。

まちがいなく勝てる自信があっても、慎重に地の利、ときの利を使い、少しでも優位な状況に持ちこむ。これこそ一流の忍《しのび》であった。

「待て、素我部」

一礼した素我部一新を柳生宗矩が止めた。

「甲賀者だが、陰だけを始末せよ。跡形もなく消し去れ」

「淡海についておる者は、見逃せと」

「そのほうが、甲賀者とその後ろにおる者への牽制《けんせい》になる」

尋ねる素我部一新に柳生宗矩が告げた。

「一夜についている甲賀者は、囮《おとり》だろう。最初から襲われることを覚悟しているはずだ。それを襲えば、陰にいる者におまえの手の内を明かすことになる」

「仰せのとおりでございまする」

素我部一新が納得した。

忍は表に出ない。ひそかに近づき、どうやったかわからぬやりかたで、人を殺《あや》める。得意技や手段を見られてしまえば、いずれ対策を取られる。忍はあくまでも陰でなければならず、名を知られるなど二流、三流として扱われた。

「では、これで」

「うむ」

柳生宗矩がうなずき、素我部一新が静かに座敷を出た。

三

一夜は上方の商人である。

「…………」

それだけに静かなのは苦手であった。

「はああ」

あと少しで柳生家の屋敷というところで、一夜は大きくため息を吐いた。

「新町《しんまち》遊郭の付け取りでも、もうちょっと愛想があるで」

一夜がすぐ後ろについてくる甲賀者を恨めしそうな目で見た。

付け取りというのは、遊女を揚げて遊んだが手持ちの金が足りなかったり、なかったりしたときなどに、客の自宅まで同道して掛け取りをする者のことだ。見世《みせ》としては手間を掛けられるだけ、面倒な客になる。となれば付け取りの機嫌も悪い。それでも今後の付き合いもあるのだ。そうそうつっけんどんにもできない。ちょっとした世間話くらいはする。

「といっても付け取りなんぞ連れて歩いたことはないけど」

淡海屋ほどの大店《おおだな》となると、どこの遊女屋でもいいとはいかなかった。大事な跡取り息子が、変な遊女に引っかかっては困るのだ。

「落籍《ひか》せて、妻にする」

「そうか。新しい着物が欲しいか。買《こ》うたるがな」

悲愴《ひそう》な顔をして遊女の境遇に同情したり、鼻の下を伸ばして金を湯水のように遣っては店が傾く。

「頼むで」

歳頃《としごろ》になった息子のいる大店は、馴染《なじ》みの遊女屋へ話をつけておく。なにせ男というのは、あるていどの年齢になれば、閨ごとに興味を持つ。これは摂理であり、そうでなければ子孫ができなくなる。公家や武家同様、大店ほど血筋を大事にする。吾が子に受け継いでもらおうと思うからこそ、商売に励むのだ。ゆえに息子には女に興味を持ってもらわなければ困る。だからといって、その辺の女中や町娘に手を出されても困る。

遊女は男の発散と同時に、嫁を迎えて戸惑わないよう閨のことを教える師匠であった。

「お任せを」

請け負った見世は、頭のいい遊女を息子にあてがう。

もちろん、その支払いはすべて淡海屋に廻《まわ》される。極論だが、一夜は新町に遊びに行くとき、紙入れを持たなくてよかった。

「忍っちゅうのは、こんなにおもしろないもんやったんや」

一夜はあきらめた。

「……帰ったら国元の庄屋、大百姓を調べなあかんな」

わずかでも勘定の役目を進めないと、大坂へ帰るのがそれだけ遅くなる。

「…………」

一夜の嘆きを素我部一新は離れたところから見ていた。

「ふっ」

思わず素我部一新が口元を緩めた。

「……あれか」

だが、一瞬で笑みは消え、獲物を見つけた猟師の顔になった。

「あれで化けているつもりか」

素我部一新の目の先にいるのは、身形《みなり》の立派な武士であった。

「さりげないつもりだろうが、目が一夜から離れてないわ」

鼻で素我部一新が嗤《わら》った。

「さて、どうするか。見せしめも兼ねなければならぬ。とはいえ、始末した死体を残すわけにはいかぬ」

死体にはどうしても傷が残る。傷跡から、どのような武器を使ったかがわかる。毒でも同じであった。

「一夜の後ろにいる甲賀者は、ときどき後ろに合図を送っている。さすがに振り返るような愚は犯さない……か」

素我部一新が思案した。

「地蔵担ぎを喰らわせるか」

鋭い眼差《まなざ》しで素我部一新が武家に扮《ふん》している甲賀者を見た。

「ならば、次の角だな」

後ろへ合図しているとはいえ、曲がったときは少し間が空く。後をつけてくる武家に扮している甲賀者が、その角を曲がるまでは、わずかとはいえ連絡が途絶える。

その瞬間を素我部一新は狙うと決めた。

武家屋敷は固まっていることが多い。愛宕下《あたごした》はとくに数万石以下の大名、数百石から数千石の旗本屋敷が多かった。

「…………」

その一つに素我部一新は忍びこんだ。

「ふっ」

歩きながらも柳生家の財政を考えている一夜の独り言が聞こえ、離れていくのを素我部一新は声もなく笑って過ごし、十間《けん》（約十八メートル）ほど遅れてついてくる武家に扮している甲賀者を待った。

「そろそろか……」

懐から細く黒い紐のようなものを取り出し、その両端を素我部一新は握った。

「……今」

機を窺《うかが》っていた素我部一新がその紐を塀越しに網を打つように投げた。

「なっ……」

首に絡んだ紐に驚いた甲賀者が声をあげようとした。しかし、それよりも早く紐が首に絡んで締めあげた。

「ふん」

口のなかで気合いを押し殺し、素我部一新が甲賀者を吊《つ》りあげ、そのまま塀のなかへ連れこんだ。石造りで重い地蔵を運ぶとき、背負うようにする姿と似ていることから地蔵担ぎと呼ばれた技である。首に紐を掛けられ、背中に担がれれば自重で首が絞まり、抜け出すことはまずできなかった。

「気を失っているか」

首を強力に細い紐で括《くく》られた甲賀者は、左右の頸動脈《けいどうみゃく》を押さえられたことで頭に血がのぼらなくなり、気を失っていた。このまま放置していれば、息が詰まって死ぬ。

「女の髪を油に浸し乾かしたものだ。一度食いこんだら外せぬわ」

指を紐に食いこませようとしたまま落ちた甲賀者に素我部一新が冷たく告げた。

「どうせ、なにも持っておるまいが……」

素我部一新が紐をそのままにして、甲賀者の衣服を剝ぎ、両刀なども奪った。

「調べてなにもなければ、売り払えるな」

食べていけるといったていどの禄だけしかない伊賀者にとって、獲物の剝ぎ取りこそ余得であった。

「…………」

取りあげた衣服をまとめた素我部一新が、甲賀者の心臓に先を尖《とが》らせた竹串を突き刺した。

「……かっ」

最後の呻《うめ》きも許されず、甲賀者は死んだ。

「後始末は、お願いする」

間借りした大名屋敷に向かって笑い、紐を懐に仕舞い、獲物を抱えた素我部一新が、すっと気配を消した。


「ここや。お疲れはん」

一応ついてきてくれた甲賀者へ挨拶をして、一夜は屋敷の潜《くぐ》り門を叩《たた》いた。

「淡海や、開けてんか」

「おう。帰ってきたか」

なかから応答したのは素我部一新であった。

「疲れたわ」

「……後ろの者は誰だ」

今気づいたかのように素我部一新が警戒した。

「知らん。なんか黙ってついてきた」

一夜は振り向きもせず、告げた。

「そうか。なら、入れ」

「ああ」

促された一夜が、潜り門を通った。

「……通られよ」

代わって潜り門から出た素我部一新が、一夜の供をしてきた甲賀者に告げた。

「…………」

門番の決まった言葉に甲賀者が黙って背を向けた。

屋敷に戻った一夜を柳生主膳宗冬《しゅぜんむねふゆ》が待っていた。

「父上が呼んでいる。ついてこい」

「疲れてるんやけどなあ」

嫌そうに伝える主膳宗冬に、一夜はため息を吐いて見せた。

「なにを申すか。庶子ごとき、本来ならば屋敷へ足を踏み入れることもできぬというに」

「ほな、帰ってよろしいか。大坂へ」

嫌味を投げる主膳宗冬に一夜は平然と言い返した。

「…………」

先日、一夜が来たばかりのところで、出ていけと絡んできつく柳生宗矩に叱られた主膳宗冬が、黙った。

「わたいを追い出したいんやったら、殿を説得するか、あるいは自力で当主になることですなあ」

「……っ」

笑いながら言う一夜に、主膳宗冬が息を呑んだ。一夜の一言は、柳生宗矩を隠居させるか、殺すかしろとの意味を含んでいる。それに主膳宗冬は気づいたのだ。

「でけへんのやったら、辛抱しなはれ」

「つ、ついてこい」

もう一度言った主膳宗冬は、一夜などいないとばかりにさっさと廊下を進んだ。

「武家は気が短ないとでけへんのかい」

一夜があきれた。

「父上、連れて参りました」

座敷についた主膳宗冬が廊下に片膝を突いて声をかけた。

「入ってよし」

「御免」

「失礼します」

許可を得て主膳宗冬と一夜が座敷に入った。

主膳宗冬は柳生宗矩の右手に、一夜は襖《ふすま》際に腰をおろした。

「どうであった」

いきなり柳生宗矩が問うた。

「駿河屋どのと炭、薪、油のことを詰めてきました。従来より二割方安くなります
る」

臣下としての態度を一夜は取った。

「二割は大きいな」

「はい。一年で百両は余裕が出ましょう」

感心した柳生宗矩に一夜は概算を告げた。

「だが、今まで出入りをしてきた商家は黙っておるまい。当家に貸してある金をすぐに返せと言うぞ」

二千両という金は柳生家にはない。

「一度話をしてみてから、どうするかをご相談いたしたく」

「たしかに、会ってみねばわからぬことは多かろう」

一夜の発言を柳生宗矩が認めた。

「で、どうであった」

最初の質問を柳生宗矩が繰り返した。

「あきまへんな」

家臣としての用件はすんだ。一夜が口調を変えた。

「そうか、駄目か」

「なにを言いたいのかはわかりましたけど、それをわたいに納得させるだけのもんがおまへん」

苦笑した柳生宗矩に、一夜は首を横に振った。

「誘われたか」

「一応ですけど。百二十石くれると。主家を裏切る代金が二十石、ずいぶんと世知辛いもんですわ」

「…………」

一日で百両を浮かすような勘定方に百石しか出していない柳生宗矩が、苦そうな顔をした。

「そなた、引き受けたのか」

聞いていた主膳宗冬が憤った。

「剣だけ教えてどないしまんねん」

そちらに目をやらず、一夜は柳生宗矩にあきれてみせた。

「主膳、他人の話をちゃんと聞け」

柳生宗矩が主膳宗冬を叱った。

「ですが、こやつは……」

「二十石くらいで揺らぐわけおまへんやろ。これでも実家に帰れば、千両どころか一万両を右から左へ動かせる淡海屋七右衛門《しちえもん》の跡取りでっせ」

あきれた顔のまま一夜が主膳宗冬を見た。

「卑しき商人ではないぞ、武家である」

相も変わらず会ったときと同じことを口にする主膳宗冬に、一夜はため息を吐いた。

「前も言いましたけどなあ、武家にわたいはなんの魅力も感じてまへん」

「百姓、商人など、おまえたちを守ってやっている……」

「主膳」

一夜に向かって言い募ろうとした主膳宗冬を柳生宗矩が制した。

「守ってもろうた覚えはおまへんなあ」

一夜がにやりと笑った。

「あっ……」

主膳宗冬の言葉は、一夜を放置していた父を咎めるようなものである。気づいた主膳宗冬が、気まずそうな顔をした。

「下がっておれ」

柳生宗矩が主膳宗冬がいては話が進まないと退出を命じた。

「お待ちを。この場にいさせたほうがよろしいで。これからも将軍はんのお側にあるんやったら、勉強させなあきまへん」

裏のことも知らせ、少しはものごとを考えるように躾《しつ》けなければいけないと一夜は、柳生宗矩へ進言した。

「……そうか。そなたがそう言うならば、そのようにいたそう。主膳、そこにおれ。ただし、一切の口出しは許さぬ」

少し考えた柳生宗矩が一夜の提案を呑んだ。

「はい……」

気まずそうに主膳宗冬が座り直した。

「百二十石か……どう見る」

「絵に描いた餅ではおまへんやろ。本気やと思いますわ」

柳生宗矩の問いに、一夜は答えた。

「だろうな。どこも算勘のできる家臣は喉から手が出るほど欲しい」

一夜の意見を柳生宗矩が認めた。

「頭巾を被《かぶ》っていたと申したが、なにか特徴はなかったか」

「紋がございました」

「…………」

一夜に聞かされた柳生宗矩が黙った。

「……どんな紋であった」

疑い深そうな目で柳生宗矩が尋ねた。

「こういった……形でおました」

一夜が両手で紋の形をまねて見せた。

「描け」

「紙がもったいおまへん。描かんでもわかりますやろ。思い当たったちゅう顔してはりまっせ」

柳生宗矩の命を断った一夜が唇の端を吊りあげた。

「ぶ、無礼な」

主君の命を拒んだことに、主膳宗冬が怒りの声をあげようとした。

「黙っておれと申したはずだ」

一夜に皮肉を言われる前に、柳生宗矩が主膳宗冬を睨《にら》んだ。

「…………」

主膳宗冬が父の目に射竦《いすく》められて、口をつぐんだ。

「三階菱《さんがいびし》だな」

それ以上主膳宗冬の相手をせず、柳生宗矩が一夜に告げた。

「はい」

一夜がうなずいた。

「秋山修理亮の紋だな」

柳生宗矩がかつての同僚を呼び捨てにした。

「お名前は存じまへんが、お知り合いのようで」

「惣目付よ」

一夜の訊いたともいえない返しに、柳生宗矩が応じた。

「なっ……」

愕《おどろ》きの声をあげたのは主膳宗冬であった。

「修理亮さまが、当家を敵に回すはずなどございませぬ。同役として長くお付き合いをいたしてきたのでございまする。そなたいい加減なことを……」

「素直にお育てでございますな」

冷笑を浮かべながら、一夜が柳生宗矩に言った。

「黙っておれ」

「ですが、父上……」

「口出しをするな」

まだ反論しようとする主膳宗冬を柳生宗矩が叱りつけた。

「いつ、こやつが秋山修理亮の企《たくら》みだと申したか」

「三階菱の紋だと……」

「秋山以外に三階菱の紋を使っている家はないのか」

言いわけを柳生宗矩が一言で切って捨てた。

「それに秋山修理亮を陥れたい者が、偽っているかも知れぬだろう。それに思い当たらぬとは、あまりに情けない」

「申しわけございませぬ」

小さく首を左右に振って嘆く柳生宗矩に、主膳宗冬がうなだれた。

「もうよろしいか」

説教を始めた柳生宗矩に一夜が退出を求めた。

「帳面づけせんならんので」

「……わかった。行ってよい」

まともな理由に、柳生宗矩は認めるしかなかった。

「ほな、御免」

一夜が座敷を後にした。

「長屋に戻って……」

勘定方に与えられている部屋ではなく、一夜は自宅へ戻った。

「駿河屋はんとの取引は、まだ知られるわけにはいかん」

従来出入りの店にとって、駿河屋が割りこんでくるのは都合が悪い。取扱高が減るどころか、従来のような儲けができなくなるのだ。

「なにかございましたら、ご一報を」

勘定方のなかに出入りの店に買われている者がいるかも知れないと一夜は疑っている。

「駿河屋とはどのような店であるか。当家出入りにふさわしいかどうかを知りたい」

善意で出入りの店に話を漏らす者がいる怖《おそ》れもある。

「戻ったで」

考えているうちに長屋に着いた。

「お帰りなさいませ」

一夜の呼びかけに佐夜《さよ》がすばやく応じた。

「仕事続けるさかい、白湯《さゆ》を持ってきてんか」

「はい」

羽織と袴を脱いで着流し姿になった一夜が佐夜に頼んだ。

「さて……まずは言いわけの手紙やな」

一夜が巻紙を取り出した。

「かなり手間がかかるさかい、当分国元に帰られへんと十兵衛《じゅうべえ》はんに報せんと……」

柳生の血を引く者が刀も握れないでは恥だと、十兵衛は一夜に剣術の稽古を強いていた。

「父に挨拶をしたら、すぐに戻ってこい」

「さっさと連れて帰れ」

十兵衛は一夜だけでなく、武藤大作《むとうだいさく》にも厳命した。

「人を斬ることが褒賞ではなく、罪に繋がる世になるんや。刀振り回す意味はない。家を守るのは、算盤なんや」

木刀で殴られるのを避けるには、勘定方として成果を出すしかない。

一夜は逃げ口上を綿々と手紙に綴《つづ》った。

第四章　名もなき忍

一

柳生宗矩は秋山修理亮の動きを一夜から報《しら》されたことで、動きが取れなくなっていた。

「上様からのご密命を果たさねばならぬのだが……」

家光が惣目付《そうめつけ》を辞めさせたのは、柳生宗矩の持つ力で会津《あいづ》藩主加藤式部少輔明成《かとうしきぶしょうゆうあきなり》をその座から引きずり降ろさせるためであった。

「肥後守《ひごのかみ》に、会津を与えてやりたいのよ」

その理由は家光の異母弟保科《ほしな》肥後守正之《まさゆき》へのゆがんだ愛情であった。

同母の弟忠長と将軍継承争いを繰り広げ、ついには自刃を強要した家光は、お江与の方の悋気《りんき》から守るため、父秀忠が公子として認めなかった正之を可愛《かわい》がった。その理由は徳川家の直系と認められず、保科家の籍に入っていたことで、将軍継嗣にかかわらず、敵となり得なかったからであった。

忠長への反発か、保科正之を寵愛《ちょうあい》した家光は、その境遇を御三家と肩を並べるところまで引きあげようとしていた。

石高だけなら楽であった。

将軍が空いている領地あるいは、幕府領を合わせて与えれば御三家並みの石高も容易に生まれる。

だが、白河《しらかわ》や姫路《ひめじ》のように名誉の地となれば話は別になった。

そういった領地は、すでに埋まっている。それも、その地を領するにふさわしいか、あるいは正当な理由がある大名によってである。

「異母弟にやりたいので、どけ」

いかに将軍とはいえ、これは通らなかった。

いや、もちろん可能ではある。可能ではあるが、世間からの反発は大きくなる。

「先祖が血を流して守り抜いた本貫地をゆえなく取りあげられてたまるものか」

「神君家康公より拝領いたした地でござる。それを失ったとあれば、祖先に顔向けができぬ」

まだ大坂の陣から二十年しか経《た》っていないのだ。武士は血で購《あがな》って土地を得てきたと実感している者が多く生き残っている。

それらが幕府の無茶に大人しく従うとは限らない。

「取れるものなら腕ずくで来るがいい」

火の手があがる可能性は高い。

そうでなくとも世情は不安定であった。ようやく乱世を終えて、泰平に入ったとはいえ、徳川家にしてやられたと思っている家は多い。

また、徳川家によって無理矢理改易処分をされた大名も枚挙にいとまがないほどあり、世に溢《あふ》れた牢人《ろうにん》はいろいろなところで問題となってもいる。

もし、その両者が手を組めば、謀叛はそれこそ燎原《りょうげん》の火のごとく拡《ひろ》がっていく。

「あれならば、潰《つぶ》されても当然じゃ」

「愚かなまねをしたことじゃ」

世間が納得するだけの理由があれば、これらの事態は避けられる。

そのために家光は加藤家を会津から離すにふさわしい理由を、柳生宗矩に作り出せと命じたのだ。

当然、それが表沙汰になっては、天下の不信を煽《あお》る。なにせ天下の将軍が弟のために無理をするのだ。目立たぬよう、ひそかにことをなさせるため、柳生宗矩は惣目付から、外された。

「四千石の加増は、褒賞の前渡し」

将軍としての、幕府としての命ならば、ことを果たしたときに褒美はもらえる。しかし、表にできない裏の仕事となれば、成功させたところで褒美は与えられない。闇に消すべき仕事だけに、与えるだけの理由がないのだ。

「先にもらった以上、果たさねばならぬ」

柳生宗矩が苦い顔をした。

「上様はお気の長いご性質とは言いがたい」

幼いころから弟忠長が優先され、放置されてきたという恨みからか、気が短い。

「どれほど猶予があるのか」

家光の我慢が切れたとき、柳生家は潰される。

「上様に秋山修理亮がことをお報せし、お手を打っていただくか……いや、それは吾《わ》が無能を曝《さら》け出すようなものだ」

柳生宗矩は頭を抱えた。

「……やはり、一夜を生け贄《いにえ》にするしかないか」

しばらく苦吟した柳生宗矩がため息を吐《つ》いた。

「一夜には内政を預けてしまいたいのだが……秋山修理亮の目がついている間こそを利用するのが重要だな」

柳生宗矩が決意した。

「誰ぞ、一夜を呼んで参れ」

「……畏《おそ》れ入りまするが、朝から淡海どのは外に出られたと門番が申しておりまする」

手を叩《たた》いた柳生宗矩のもとに家臣が報告した。

「武藤は、大作はおるか」

「門番に聞きましたところ、武藤どのも一緒であったそうで」

己のせいでもないのに、申しわけなさそうに家臣が答えた。

「武藤がついていっておるのか。ふむ。ならばよい」

柳生宗矩が家臣を下がらせた。

朝から十二分に食事を摂《と》った一夜は、腹を撫《な》でながら歩いていた。

「どうした。腹でも痛いのか」

その様子に武藤大作が怪訝《けげん》な顔をした。

「いや、喰《く》いすぎただけや。歩いているうちに治まるわ」

一夜が苦笑した。

「喰いすぎは、よくないぞ。腹八分目に抑えておかねば、いざというとき身体《からだ》の動きが鈍る」

「勘弁してんか。武藤はんが言うと、そうなりそうや」

嫌そうな顔を一夜が見せた。

「しかし、旅の最中も柳生の郷《さと》でも、それほど朝から食べる方ではないと思ったが」

柳生家ではもっとも一夜と触れ合っている武藤大作だけに、納得がいかないといった風に首をかしげた。

「新しく雇った女中がなあ、まめな女やねん。朝はしっかり食べないと、まともな仕事はできまへん言うてなあ、一汁三菜や」

「ほう、女中を雇ったのか。それはよいではないか」

ため息を吐く一夜に武藤大作がうなずいた。

「夜遅うまで帳面づけしてて、朝少し寝坊しようとしても、決まった刻限に起こされて、食欲なくても朝御飯出されんねんで」

「贅沢《ぜいたく》を申すな。朝、喰いたくとも喰えぬ者もいる。とても出されただけでは足りぬ者もいる。一汁一菜どころか、湯漬けしかないという者もおるのだ。まあ、かく言う拙者だがの」

文句を言う一夜を、武藤大作が叱った。

「……そうやったなあ。大坂でも喰いかねた者はようけおったわ」

一夜がしゅんとなった。

「もっとも喰いすぎはよくないぞ」

「わかってるけどな」

頬を緩めた武藤大作に、一夜がなんともいえない顔をした。

「ところで、その女中だが、若いのか」

「十七、いや十六歳やったかなあ」

「若いの。美形か」

武藤大作が興味を示した。

「まちがいなく江戸で見たなかでは、一番やな」

「ほう。若くて美形か。よくぞ、そのような女中を探し出せたな」

「探し出してへん。探す暇なんぞないわ。知ってるやろうに」

　武藤大作の言いぶんに、一夜が恨めしそうに返した。

「では、どこで見つけてきた」

「家中に素我部はんちゅうのがおるやろ」

「素我部……ああ、門番の」

　武藤大作が思い出した。

「ちょっとしたことで素我部はんと付き合いができてな。その素我部はんから、妹を奉公させてくれんかと頼まれたんや」

「素我部にそのような美形の妹がいたとは、ついぞ知らなかったの」

　一夜の説明に武藤大作が首をかしげた。

「なんでも在所から出てきたところで、奉公先を探していたらしいわ。で、ちょうどええとわたいに紹介してくれてん」

「なるほどの」

　武藤大作が納得した。

「しかし、よいのか」

「なにがや」

笑いを含んだ顔で言う武藤大作に、一夜が怪訝な顔をした。

「そんな若き美形と同じ屋で過ごして。大坂に残してきた女たちが黙っておるかの」

「江戸と大坂やで。噂《うわさ》も届かんわ」

一夜が大丈夫だと笑った。

「手紙を出そうかの」

「止《や》めてくれ。そんなもん出されたら、大坂から三人が来るやないか」

にやりと口の端をゆがめた武藤大作に、一夜が慌てた。

「くふふふ。初めて、おぬしの弱みを握ったな」

「冗談やないで。まったく」

楽しそうな武藤大作を一夜が恨めしそうに見た。

「……ああ、着いたな。ここが遠江屋《とおとうみや》だ」

笑いを消した武藤大作が、足を止めた。

「ここかいな。なかなかの店構えやな」

一夜の表情も変わった。

「声をかけるぞ」

「ええで」

うなずいた一夜を確認して、武藤大作が暖簾《のれん》を手で払いのけた。

「主《あるじ》はおるか。柳生家の者である」

武藤大作が告げた。

二

先触れもなく訪れた一夜たちを、遠江屋はすんなりと迎え入れた。

「どうぞ、しばしこちらでおくつろぎをくださいませ。すぐに主がご挨拶に参ります る」


番頭が二人を客室に案内した。

「こら、あかんな」

客間を見回した一夜が漏らした。

「いかがいたしたのだ」

武藤大作が一夜の呟《つぶや》きを聞き咎《とが》めた。

「この客間や。見た目はそこそこやけど、置いてあるもんがあかん」

言いながら一夜が床の間に掛けられている軸を指さした。

「一見、唐渡《からわた》りの墨絵に見えてるけどな。墨の色が違う。この絵は唐の絵をまねて描いたまがいもんや。その壺《つぼ》もええ色してるけど、正面を向いてない。たぶん、正面に欠けかひびがある」

「…………」

一夜の語りに武藤大作が黙った。

「これだけの大店や。客も一杯持ってるはずや。なかには目の利く上客もおるやろう。そんな上客をこんなええ加減な客間に通すはずはない。一発で見限られることになる。たぶんやけど、こんなんと違う本物ばかり置いたもっと立派な客間があるで」

「柳生は上客ではないと」

「上客ではないな。帳面見たけど、年間の取引額は百両とちょっとや。しかし、こっちは旗本、いや今は大名か。ようは武家や。とくに柳生は惣目付でもあったし、今でも将軍さまの剣術の師範や。こんな舐《な》めたまねをしてええ相手やない。さっきの番頭も主に問い合わせることなく、すんなりここへ通した。つまり、店をあげて柳生はまともに相手にせんでもええ客やと思ってる」

「……ふざけおって」

一夜に聞かされた武藤大作が怒った。

「抑えてんか。感情を露《あら》わにするのは、商売では下策や」

「わかっておる。気持ちが先に出ては、剣が鈍る」

一夜の注意に武藤大作がうなずいた。

「……来たようだ」

武藤大作が気配を感じた。

「…………」

一夜が小さく笑った。

「お待たせを申しました。当家の主遠江屋佐久右衛門《さくえもん》にございまする」

廊下に座って遠江屋が挨拶をした。

「お初にお目にかかる。このたび柳生家の勘定頭になった淡海一夜でござる。これなるは同僚の武藤大作」

一夜が名乗った。

「勘定頭さま……それはおめでとうございまする」

「めでたいと言えるかどうかはそちら次第ではないかの」

祝いを口にする遠江屋佐久右衛門に、一夜が笑いかけた。

「わたくしがでございますか」

「そこでは話が遠い。こちらへお出《い》でなされ」

困惑した風の遠江屋佐久右衛門を、一夜が手招きした。

「ご無礼をいたしまする」

すんなりと遠江屋佐久右衛門が受けた。

「遠江屋どの。その壺、なかなかのものと見たが……」

先ほど貶《けな》した壺を一夜が褒めた。

「さすがにお目が高い。お気づきになられましたか。これは明《みん》から渡って参りましたものでございまして……」

得意げに遠江屋佐久右衛門が語り始めた。

「……さぞかし高いのであろうな」

一夜が自慢の終わるのを待って訊《き》いた。

「二百両と少し」

「……その壺が二百両」

わざとらしく一夜が驚いて見せた。

「はい」

誇らしげに遠江屋佐久右衛門が首肯した。

「あんたに見る目がないのがようわかったわ」

「えっ」

不意に口調の変わった一夜に、遠江屋佐久右衛門が唖然《あぜん》とした。

「見る目がないのか、柳生を舐めてかかってるのか、その壺、わたいやったら五両でも悩むわ」

「な、なにを」

遠江屋佐久右衛門が慌てた。

「唐の銘品だと……」

「たしかに唐のもんやろうとは思いますけどなあ。傷がおますやろ。向こう側に」

「なぜそれを」

当てられた遠江屋佐久右衛門が驚愕《きょうがく》した。

「壺には表裏がある。その正面を隠す。それでなんぞあるとわかりまっせ」

一夜が嗤《わら》った。

「貴殿は、まことに柳生家の……」

「まちがいおまへん。心配なんやったらどうぞ屋敷に問い合わせておくれやす」

「しかし、その見識、その口調……」

「ああ、大坂商人でしたんで」

「大坂商人……」

「そうです。唐物問屋をしておりましてんけど、このたび縁あって、柳生家の台所を預かることになりましてん」

疑わしそうな顔をした遠江屋佐久右衛門に、一夜が正体を明かした。

「ちょっと拝見」

一夜が遠江屋佐久右衛門から壺を受け取った。

「……やっぱり。これは質悪《たち》いなあ。釉薬《ゆうやく》のはがれくらいならばかわいげがあるけど、このひび、なかまで届いておりますやろ。水入れたら染み出すはずや」

「そ、そのとおりで」

遠江屋佐久右衛門が認めた。

「唐物屋が、これも景色の一つやとか、これが壺を引き立てていると言うたときは、疑わねばあきまへん」

一夜が述べた。

「おのれえ、肥後屋《ひごや》」

顔色を変えて遠江屋佐久右衛門が憤った。

「唐物屋に文句言うてもあきまへんで。これはほんまもんや。偽ものを売りつけたなら、唐物屋に弁済求められるけど、傷は買う前に気づいてなあかん。買ってから落としたやろとか、ぶつけたやろとか言われたら、それまででっせ」

「そんな……」

「それが唐物商いですわ」

二百両以上の損失を出した遠江屋佐久右衛門が愕然《がくぜん》とした。

「さて、遠江屋はん。今日の用件なんやけど」

「わかりましてございまする」

一夜が話す前に遠江屋佐久右衛門が頭をさげた。

「わかりましたと言うても、どないな風にわかったと」

「あなたさまが勘定頭になられたとあれば、しっかり帳面を見ておられるでしょう」

「見たで。あきれたわ」

一夜が遠江屋佐久右衛門を睨《にら》んだ。

「お貸ししておりますお金の利をなしにいたしまする」

「ふざけるな。当家をだまして借財をさせたのであろう。借財を棒引きにして当然であろうが」

武藤大作が憤慨した。

「それは……」

遠江屋佐久右衛門が困惑し、一夜が嘆息した。

「はあ」

「武藤はん、口出ししなはんな」

「しかしだな……」

一夜の制止に武藤大作が抗《あらが》った。

「これ以上の恥を晒《さら》すつもりでっか」

「恥を晒すだと……」

武藤大作が一夜に言われて、少し落ち着いた。

「よろしいか。世のなかはだまされる方が悪いんでっせ」

「そんなことがあるか。だました者がだまされた者より偉いなど……」

一夜に言われた武藤大作が首を横に振った。

「関ヶ原の合戦は、徳川はんが悪いんですか」

「なにを言う。関ヶ原の合戦は神君家康公が……」

「豊臣家、いや石田治部少輔三成《いしだじぶしょうゆうみつなり》はんや、宇喜多宰相秀家《うきたさいしょうひでいえ》はんをだましたでしょうが」

「………」

意味がわからないとばかりに武藤大作が首をかしげた。

「小早川中納言秀秋《こばやかわちゅうなごんひであき》はん、吉川民部少輔広家《きっかわみんぶしょうゆうひろいえ》はんらを寝返らせたことで、勝利を摑《つか》んだ神君家康公は悪いと」

「……そんなことは」

徳川に属する者にとって、神君と讃《たた》えられる徳川家康は絶対であった。

「だました方が偉くて、だまされた方が愚かとまでは言いまへんがね。だまされた方にも問題はおますねん。関ヶ原ならちゃんと味方してくれている大名たちを把握していれば、裏切りは防げたはずやし」

「おいっ」

徳川家が天下を取った戦いに、けちをつけるような言動はまずい。武藤大作があわてて一夜を止めた。

「柳生もそうや。ものを大量に買う前に、ちゃんと店での売値を確認していれば、高いとわかったはずや。つまりは、勘定方の怠慢や。その怠慢を棚にあげて、相手をあげつらうのは、あかんやろ。つまり、遠江屋からの借金は、柳生家が背負わなあかん。

これを取り下げさしたら、二度と柳生に金を貸してくれるところはなくなるで」

一夜が武藤大作を諭した。

「それにな。借財をした連中にその怖《おそ》ろしさを教えなあかん。簡単に借財がなくなるなどと思いこんだら、これからどうなると思う」

「金を借りることが平気になる」

武藤大作が答えた。

「そうや。借りたもんは返さなあかん。それが悪意がないとは言わへんけど、こっちの油断がもとなんや。痛い目を見せないと碌《ろく》でもないことになるで」

「畏《おそ》れ入りましてございまする」

聞いていた遠江屋佐久右衛門が感心した。

「ほな、借財は元金だけでええな」

「けっこうでございまする」

「それとなんもなしというわけにはいかんやろ。遠江屋をお構いなしにしたら、他の店も許さなあかんなる」

認めた遠江屋佐久右衛門に一夜が続けた。

「当分の間、当家への出入りは禁じる」

「承りましてございまする」

一夜が厳格な口調で断じ、遠江屋佐久右衛門が手を突いた。

「ほな、借財については、後日勘定方を寄こすよって、返済について話しおうてや」

「承りましてございまする」

一夜の言葉に遠江屋佐久右衛門が頭《こうべ》を垂れた。

「甘すぎぬか」

遠江屋を出たところで、武藤大作が渋い顔を見せた。

「柳生家を食いものにしていたのにだぞ」

「まあ、あんまり褒められた商人やおまへんわな」

「町奉行所に訴えて、店を潰して……」

「柳生がだまされたと世間に報せますか」

武藤大作の発言を一夜が止めた。

「それはならぬな」

「落としどころをまちがえたら、あかん」

首を左右に振った武藤大作に一夜が告げた。

「向こうが納得する範囲で話を終わらさな、手痛い反撃を受けるで。柳生家が商人に足下を見られたなんぞという噂が出たら、面倒でっせ」

「それはそうだな」

一夜の言いぶんを武藤大作が納得した。

「それに遠江屋は、このていどの話し合いですむ相手でしたし。これ以上質の悪いのとか、話をごねて和解を潰そうとするやつとかには、こっちも対応を変えますよって」

「対応を変える……どう変えるというのだ」

「潰しにかかります」

「大丈夫なのか。お家が傷を受けては困るのだぞ」

「表からとは限りまへん。柳生の名前を出さずに、裏で手を出す方法はいくらでもおます」

懸念を見せた武藤大作に、一夜がにやりと嗤った。

三

堀田加賀守の前に、五人の甲賀者が平伏していた。

「よくぞ参った」

「お召しに応じ、参上仕りましてございまする」

中央の甲賀者が代表して口上を述べた。

「加賀守である。そなた名前は」

「役目柄名前はございませぬ。どうぞ、壱《いち》とお呼びくださいませ」

「壱か、では、弐《に》は」

「わたくしが弐、反対におりますのが参《さん》、右手におりますのが四《し》、残りの一人が五《ご》でございまする」

壱の左手に控えている甲賀者が答えた。

「承知した」

堀田加賀守が偽名を認めた。

「で、ご指示は」

壱が訊いた。

「その前に、そなたたちが江戸に出てきたことを、甲賀組の者どもは存じおるのか」

「いいえ。我らのことを知っておるのは、国元の群議頭《ぐんぎがしら》のみでございまする」

堀田加賀守の念押しに、壱が告げた。

甲賀は伊賀《いが》と違って、個人での技を重視していなかった。もともと二十一家とも五十三家とも言われる郷士が集まって、甲賀がどのように対処するかを決めた。これを群議と称していた。

「ならばよい。決して江戸の甲賀組に知られるな」

「ご懸念なく。過去、我らの先達によって、命を刈り取られた江戸の甲賀組頭もおりますれば」

仲間でも仕事となれば遠慮しないと壱が述べた。

「なればよかろう。では、そなたたちに申しつけたいのは、柳生の始末である」

「柳生の誰を」

「第一に左門友矩、第二に十兵衛三厳《みつよし》、そして第三に名前も知らぬ柳生但馬守の庶子」

問うた壱に堀田加賀守が告げた。

「三人もでございまするか」

聞いた壱が難しそうな顔をした。

「できぬと申すか」

「左門友矩といえば、柳生きっての遣い手、十兵衛三厳も鬼神の如《ごと》しと聞き及びまする」

「勝てぬと」

「ただの剣術遣いならば、相手が宮本武蔵《みやもとむさし》であろうが、塚原卜伝《つかはらぼくでん》であろうが仕留めて見せますするが、柳生は忍《しのび》の技に精通いたしておりまする」

「伊賀か」

堀田加賀守が苦い顔をした。

「そもそも尋常の勝負を挑めば、忍では及びませぬ」

「であろうな」

壱の言葉に堀田加賀守がうなずいた。

「ですが、忍の技を使えば、相手が誰であれ、倒すことはできまする。ただし、多くの人に囲まれていたりすると難しゅうございまする」

「なるほどの。人の壁をこえることは無理か」

「はい。そして、もっと厄介なのが、忍でございまする。こちらの技を熟知しておりますゆえ、対応されてしまいまする」

壱が首を横に振った。

「柳生は伊賀と繋がっているのだな。たしかに柳生の庄と伊賀の国は隣同士といえる」

「仰せのとおりでございまする」

「では、できぬのか」

「いいえ。できまする。できてこその甲賀の矛」

落胆した堀田加賀守に壱が胸を張った。

甲賀は伊賀と同様、山間《やまあい》の狭隘《きょうあい》な場所である。さすがに伊賀よりはましだが、それでも十分に米が穫《と》れるとは言いがたい。

また、その地勢上、大軍を運用しにくく、京を追われた公家《くげ》や、将軍などが身を潜めやすい。

つまりは京での政変に巻きこまれてきた歴史を持つ。それこそ、古くは大友皇子《おおとものおうじ》と大海人皇子《おおあまのおうじ》の戦いから、関ヶ原の戦いにいたるまで、甲賀は歴史の裏側にかかわってきた。

その結果、忍が生まれた。

ただ伊賀と違ったのは、甲賀が落人《おちうど》と結びつき、その身辺警固や、京へ返り咲くための情報収集などを主としたことで、群れる忍として発展してきた。

そのなかには、落人を守るため、敵を襲殺したり、敵陣を混乱させたりするための者も含まれる。

　壱たちは、その者たちの系譜であった。

「たとえ左門友矩でも十兵衛三厳でも仕留めて見せまするが、三人となれば、同時というわけには参りませぬ。一人一人、十分に、念入りに準備をせねばなりませぬ」

「一気にはできぬと言うか。五人ではなく、もっと人数を増やせばできよう」

　堀田加賀守が人手を用意すればできるだろうと言った。

「あいにく、我らしかおりませぬ」

「なんじゃと。甲賀は六十家ほどあると聞いたぞ」

　首を左右に振った壱に、堀田加賀守が疑問をぶつけた。

「今は徳川さまの天下でございまする。我らのような者の出番は、かつてほどもございませぬ」

「むっ」

　述べた壱に、堀田加賀守が不満そうな顔をした。

「……どれくらいかかる」

「左門友矩のために十日、その後十兵衛三厳を倒すのに二十日、そして庶子の命を奪うのに十五日。合わせて四十五日はお願いいたしたく」

「四十五日だと」

堀田加賀守が目を剝《む》いた。

「江戸から柳生、柳生から江戸への日程も含んでおりまする」

「十日でなんとかいたせ」

「では、お断りをいたす他にございませぬ」

無理を言うならば、話をなかったことにすると壱が応じた。

「そなたわかっているのか。余は老中ぞ。余の一言で甲賀は……」

言いかけた堀田加賀守が口をつぐんだ。

「…………」

壱を始めとする甲賀者たちが、無言で堀田加賀守を見つめていた。

「……できるだけ早くいたせ」

堀田加賀守が折れた。

「ところで、褒賞はまちがいなく」

「わかっておる。すべてを果たしたおりには、当家から甲賀へ毎年陰扶持《かげぶち》を四十人扶持与えよう」

一人扶持は一日玄米五合を支給することになる。年になおして一石と八斗ほど、それを四十人分、堀田家が続く限り甲賀へ与えると堀田加賀守は約束した。

「かたじけのうございまする」

「すべてが成功してからじゃぞ」

「わかっておりまする。では、我らはこれで」

釘《くぎ》を刺した堀田加賀守に壱が首を縦に振って、消えた。

「なっ……」

一瞬で消えた五人の甲賀者に、堀田加賀守が絶句した。

「化生《けしょう》の者どもめ」

堀田加賀守が震えた。


望月土佐は、帰ってこない配下に、瞑目《めいもく》した。

「討たれたの」

「申しわけもございませぬ」

あの日、一夜についていた甲賀者が悄然《しょうぜん》となった。

「伊賀者の陰供がついていたのだろう」

「そのような気配は感じられませなんだが……」

「どこまで確認していた」

「柳生家の上屋敷まであと二筋曲がるというところまでは、背後に宇佐《うさ》の姿を確認いたしておりました」

甲賀者が答えた。

「その後か。柳生の屋敷に近づくのも難しいか」

望月土佐が嘆息した。

「惣目付さまはなんと仰せでございましょう」

甲賀者が秋山修理亮の機嫌を訊いた。

「不思議と悪くない」

一夜との面談はかなったが、どう考えても秋山修理亮の望んだような形ではなかった。普段ならば、一人前の武士扱いをされない甲賀者である。失敗の責任を取らされて、怒鳴り散らされる。

「もう一度、あの淡海を連れてこなくてもよいのでしょうか」

甲賀者が秋山修理亮のことを気にした。

「そうよな。なにも言われぬのも気持ちが悪い」

望月土佐も同意した。

「一度、ご機嫌を伺うとしよう」

秋山修理亮に会おうと望月土佐が述べた。

惣目付は芙蓉《ふよう》の間を詰め所としている。

芙蓉の間は御用部屋にも近く、そうそう身分の低い甲賀者は近づけなかった。

「下城なさるときにお声を掛けてみよう」

秋山修理亮も夕七つ（午後四時ごろ）には大手門を出ていく。

望月土佐が呟いた。

七つになると多くの役人が下城を始める。灯明油や蠟燭《ろうそく》の代金が嵩《かさ》むので、遅くまで残って仕事をすると勘定方から文句を言われるのだ。

それに役高という役目に応じた禄に付け替えてもらっている。日中に終わらないのは、その職にふさわしいだけの力がないという風にも取られかねない。

仕事が残っている役人は、皆、それを屋敷に持ち帰って片付ける。

惣目付はそもそも登城の義務さえない。屋敷で、各地のことを探索してきた伊賀者から話を聞き、問題のある大名への対処を考えればいい。

しかし、あまりに登城しなければ、働いているのかどうかわからなくなり、城中での評判にかかわる。

戦で敵の首を獲《と》る、一番槍《やり》をつける、一番乗りをするなどで手柄を立て、先祖は禄を増やしてきた。その手段が、泰平になって使えなくなった。

手柄がなければ、禄は増えず、家格もあがらない。

代わって生まれたのが、戦場ではなく、城中での手柄であった。

役目に就き、結果を出して、有能さを見せつけ、よりよい役職に出世する。そうすることで、役高に合わせて家禄は増え、家格もあがっていく。

とくに惣目付は、目の前で柳生宗矩という結果が出た。

六千石が一気に四千石という本禄に近いほどの加増を受け、旗本から譜代大名へと立身した。

「但馬守にできたことならば、拙者にも」

惣目付の詰める芙蓉の間が沸いたのも当然であった。

もちろん、なにもせずに幸運が転がりこんでくると思うほど、甘い考えはしていない。

ただ、他人の目を気にするようになった。

どれだけ努力していても、どれほど働いていても、それが知られなければ、なにもしていないと同じなのだ。

「某《それがし》は、毎日登城して、職務に精励しておる」

「勤勉だの」

人というのは、目についた者を評価しやすい。屋敷に籠もって必死に仕事をしていても、顔を見ないと忘れられる。

「何某《なにがし》を最近見ぬの。まともに仕事しておるのやら」

「体調が悪いのではないか」

いない者ほど悪評に晒されやすい。

芙蓉の間は、一日仕事をする振りをする惣目付で賑《にぎ》やかであった。

だからといって、定刻より遅くまで残ると、

「まだご在城でござるか。自邸でなされぬお仕事でございますかの」

「灯明の油の追加はいたしかねますぞ」

目付や勘定方の嫌味を喰らう。

秋山修理亮は、仕事をしていると見せつけたい相手である老中が下城して、しばらく様子を見た後、芙蓉の間を出た。

「…………」

行き交う大名たちが、秋山修理亮の姿を見ると廊下の端に寄って、道を空けてくれ

る。

「…………」

それに黙礼をすることさえなく、秋山修理亮は正面を見据えたままで進んでいく。

「お帰りでございまするか。しばし、お待ちを」

玄関に控えていたお城坊主が、足袋裸足《たびはだし》のままで玄関土間に降りて小走りに駆けた。

「修理亮さまご家中《かちゅう》、ご下城にございまする」

中御門を出たところで控えている家臣に、お城坊主が秋山修理亮が玄関まで来ていることを報せた。

「かたじけなし」

秋山修理亮の家臣が、小腰を屈《かが》めた姿勢で玄関まで近づき、少し離れたところで立ち止まる。片膝を突いた家臣が懐《ふところ》から秋山修理亮の履きものを取り出し、ゆっくりと投げた。

玄関土間に、秋山修理亮の履きものが揃《そろ》えられたように着地した。

これは陪臣が江戸城の玄関に近づくのは畏れ多いとして、どこかの大名家が始めた習慣である。

当たり前のことながら、主が履きやすい位置にひっくり返ることなく、揃わなければならない。遠すぎて、主が一度裸足で土間に降りてとか、ひっくり返ったものをお城坊主に直してもらうなどすれば、大恥になった。

「……うむ」

満足そうに秋山修理亮がうなずいた。

秋山修理亮の身分では中御門をこえて連れて入れるのは一人、それでも玄関からは許されない。

出迎えの家臣はそのほとんどが大手門を出た広場で待機している。

「修理亮さま」

秋山修理亮が百人番所にさしかかったところで、望月土佐が声をかけた。

「土佐か」

ちらりと秋山修理亮が望月土佐を見た。

登城同様、下城が始まれば、甲賀者は百人番所の前に出て、片膝を突いて大名や旗本などを見送る。

もちろん、異変がないかどうかをしっかりと見張るためでもあった。

「しばし、待て」

ついている家臣に指示をして、秋山修理亮が百人番所へ入った。

諸大名を監察する惣目付は、登下城の作法を見張るという名目で、百人番所へ出入りできる。

四

「なにか」

「おみ足をお止めしましたこと、深くお詫《わ》びをいたしまする」

上役を呼び出した形になる。望月土佐がまずは詫びを口にした。

「かまわぬ」

掌《てのひら》を振った秋山修理亮が、そのまま手で先を話せと合図した。

「淡海がこといかがいたしましょうや」

急《せ》かされてからの躊躇《ちゅうちょ》は怒りを買う。

すぐに望月土佐が用件を述べた。

「今しばし、放置しておけ」

「よろしいのでございましょうか」

「そのほうが、但馬守の焦りを誘えるであろう。一度接触しておきながら、色よい返事をもらえなかったとあきらめる。惣目付がそれほどあっさりしているはずはないと、但馬守がもっとも知っていよう。こちらが動かぬことで、次はどう出るか、それともすでに淡海は余の自家薬籠中の物となっているのではないか……但馬守は疑心暗鬼に陥ろう。その不安につけこむ」

秋山修理亮が、これも策だと語った。

「そこまでお考えとは存じませず……この望月土佐、感服仕《つかまつ》りましてございまする」

大仰に望月土佐が称賛した。

「ふふふ。そなたら小者には思いもつくまい」

まんざらでもない顔で秋山修理亮が胸を張った。

「一つ、ご報告がございまする」

「申せ」

「じつは……」

陰の見張りが一人帰還しないと望月土佐が告げた。

「……ふむ」

「江戸市中の噂も気にかけておりますが、いまだ死体が出たという話もなく……」

「柳生に捕まったのではなかろうな」

秋山修理亮の顔が険しくなった。

「そのようなことがないとは申せませぬが……」

「捕まって、余の名前を出したりしてはおるまいな」

否定できなかった望月土佐を、秋山修理亮が睨んだ。

「それだけはございませぬ」

望月土佐が何度も首を横に振った。

「甲賀者は、決して屈しませぬ。もし、捕まって逃げられぬとわかったときは、自裁いたしまする」

「両手が使えなくともか」

「舌を噛《か》みまする。他に、頬の内に、魚の浮き袋に毒を詰めこんだものを仕込んでおりますれば」

まだ疑う秋山修理亮に望月土佐が堂々と話した。

「ふむ。ならばよかろう」

秋山修理亮の表情が和らいだ。

「しかし、甲賀者が行方不明《ゆきかたしれず》とは、伊賀だな」

「まずそうかと」

秋山修理亮の言葉に、望月土佐が首肯した。

「なんとかできぬのか」

「なかなか手強《てごわ》く。数を出せれば仕留められましょうが、そうするとお役目の手が足らなくなりまする」

問われた望月土佐が首を横に振った。

「人手か」

秋山修理亮が難しい顔をした。

人手を集めるというのは、禄を支払うと同義なのだ。

「そなたたちの家に、元服した男子はおらぬか」

「……おりまするが」

ただ働きをさせようとしている秋山修理亮に、望月土佐が頬を引きつらせた。

「ですが、とてもまだ一人前の働きをなせるほどではございませぬ」

望月土佐が、まだとつけて未熟さを強調した。

「おらぬよりはましであろう」

「…………」

望月土佐が黙った。

肯定してしまうとただ働きを強いられる。否定すれば甲賀組の次代は頼りないと思われる。

「伊賀者に勝てぬか」

「そのようなことはございませぬが……まだ経験が浅く」

試すように訊いた秋山修理亮に、望月土佐が口ごもった。

「何人いればよい」

秋山修理亮が、少し話を変えた。

「伊賀者は多くとも三人、一人に二人で立ち向かい、二人か三人控えとして状況次第で動くようにいたせばどうにかなりましょう」

「八人おればどうにかなるのだな」

「はい」

ここは曖昧に逃げるところではない。伊賀に勝てぬと取られては、今後甲賀組の出番はなくなる。

望月土佐が認めた。

「わかった。考えておく」

秋山修理亮が逃げた。

役人の考えておくは、次に同じ話を出したときに断れるだけの理由を作るときを稼ぐための逃げ口上であると、望月土佐は知っている。

「お手間をおかけいたしまする」

伊賀者と対峙《たいじ》して勝利する自信はあっても無傷でと思うほど、望月土佐は増長していない。これで伊賀者襲撃の話がなくなるのであれば、それでよいと安堵《あんど》していた。

「一応、用意はしておけ」

「……………」

予想外の指示に望月土佐が絶句した。

「返答はどうした」

「はっ。承知仕りましてございまする」

冷たく言われた望月土佐があわてて手を突いた。


去っていく秋山修理亮を見送った望月土佐が難しい顔をした。

「頭、どうなさった」

事情を知らない配下が、気遣いの声をかけた。

「下城が終わったら、集まれ。話がある」

腕組みをしたまま望月土佐が言った。

老中の八つ（午後二時ごろ）を除いて、下城は七つから六つ（午後六時ごろ）までが慣習である。

「一同、揃いましてござる」

ずっと塑像のように座っていた望月土佐の前に、当番の甲賀者が集まった。

「……うむ」

静かに望月土佐が閉じていた目を開けた。

「先ほど秋山修理亮さまよりお指図があった」

「…………」

惣目付の指図と聞いた甲賀者たちが緊張した。

「柳生但馬守さまの上屋敷におる伊賀者を調べよとのことである」

「調べよとは、どのような意味でござるや」

年嵩の甲賀者が問うた。

「すべてだ」

「なんのために調べるのであろう。それによって内容は変わるが」

別の甲賀者が訊いた。

「処断のためである」

「……処断。伊賀者をか」

「なんだと」

険しい顔で口にした望月土佐に、配下たちがざわめいた。

「手が足りぬと申しあげた」

「おおっ」

続けて話し出した望月土佐を配下たちが注視した。

「ならば部屋住みの者を差し出せと……」

「息子たちを犠牲にか」

「まだ十四歳ぞ、吾が子は」

たちまち反発が起こった。

「なにかしらの見返りをいただきたいとさりげなく申しあげたところ、それについて考えておくとのご返事であったゆえ安心したのだが、用意をしておけと」

一応抵抗はしたと望月土佐が述べた。素直に引き受けたなどと言おうものなら、配下たちに刃向かわれる。

「用意だと。息子たちに死んでこいと言い聞かせるのか」

年嵩の甲賀者が叫んだ。

「違う。秋山修理亮さまは、伊賀者がどのていどの数おり、どれくらい遣えるのかを確かめろと」

望月土佐が強く首を横に振った。

「わかって言うておられるのか。数だけならまだしも、どのていど遣えるかなど、当たってみなければわからぬではないか」

甲賀者の誰かが反発した。

たしかにそのとおりであった。

見ただけで実力差がわかるようならば、とても敵《かな》わないのだ。そこまでの差がなければ、実際に戦ってみないと本当のところはわからない。

犬や烏《からす》をけしかけたところで、一蹴されてしまえば技の詳細は見抜けず、手裏剣の一投、刀の一閃《いっせん》で終わってしまえば、なにが得手なのかも確認できないままになる。

あえて不得手な武器を、苦手な技を使っていることもありうる。

それを確認するには、こちらも得手とする武器が違う者を用意して、それぞれに勝負を挑ませなければならなかった。

「これだから、実際をわからぬお方は……」

「それ以上は言うな」

愚痴をこぼしかけた年嵩の甲賀者の口を、望月土佐が封じた。

「……すまぬ」

年嵩の甲賀者が謝罪した。

惣目付非難はまずい。誰も聞いていないとわかっているとはいえ、それを許せばどこかで同じことをする。そしていつかは聞こえるところで口にしてしまう。

「どうするのだ」

別の甲賀者が、望月土佐に指針を問うた。

「とりあえず、但馬守さまのお屋敷に何人伊賀者がおるかを確かめよう。すべてはそこからだ」

望月土佐が、ため息を吐《つ》きながら締めくくった。

五

一夜の強硬な出入り商人排除は、大きな反発を呼んだ。

「今までのお代金をちょうだいいたしたく」

質が悪いとして出入りを取りあげた商人が、語らって門前で騒いだ。

武家は体面を重んじる。門前に借財取りが集まるなど、恥晒しもよいところになる。どうせなら、嫌がらせをしてくれるという悪辣《あくらつ》な連中の見当違いの復讐《ふくしゅう》であった。

「……………」

騒ぎ出してすぐに柳生家の表門が開いた。

「なんだっ」

「刀で脅しても怖くないぞ」

武家相手に碌でもない商いをするだけ肚《はら》が据わっている。商人たちが身構えた。

「朝早くからなんですかな」

「駿河屋さん」

表門のなかから出てきたのは、幕府お出入り苗字帯刀《みょうじたいとう》を許されている大店《おおだな》駿河屋の主総衛門《そうえもん》であった。

「わたくしどもは、お貸ししている金を返していただこうと参っただけで」

「徒党を組んでとは穏やかではありませんが」

商人の言いわけに駿河屋総衛門があきれた。

幕府は徒党を組んでの強訴を禁じている。商人たちの行為は、法度に触れる。

「徒党を組んでではございませぬ。偶然、ここで一緒になっただけで」

ふてぶてしく商人が言った。

「ふっ」

駿河屋総衛門がその図々《ずうずう》しさを鼻で嗤った。

「ようは皆さん、返済を求めて来られたと」

「はい」

確かめるように訊いた駿河屋総衛門に、商人たちがうなずいた。

「淡海さま」

駿河屋総衛門が、後ろを向いて一夜を呼んだ。

「あいな」

一夜が荷車を引いて表門から出てきた。

「それはっ」

荷車の上に載っているものを見た商人たちが驚愕《きょうがく》した。

「ええと、まずは江藤屋《えとうや》はんのぶんからや。武藤はん、薪《まき》をおろしてんか」

「おう」

一夜の後ろにいた武藤大作が薪束を次々に降ろした。

「薪が百二十六束。こちらが使用した四十四束の代金はここに。これでよろしいな」

「な、なにを。現品ではなく、代金を……」

「はい、これ読んでや」

江藤屋と呼ばれた商人が金で払えと言いかけたのに、一夜が書付を突き出した。

「……これは」

「おまはんとこからの納品書きや。いついつにどの品質のものを納めると書いてあるな」

一夜がその場所を指さした。

「それがどうしたと」

「駿河屋はん、この薪、どないです」

「……そうですな」

駿河屋総衛門が、薪を触って調べ始めた。

「屑《くず》としかいいようのないものでございますな。乾きがまずできていない。木もあまりいいとは言えませぬ」

「お店ではおいくらで売ってはります」

「ご冗談を。このようなものを扱うなど、駿河屋の暖簾にかかわりまする」

尋ねた一夜に駿河屋総衛門が、嫌そうに言った。

「ということですけど、江藤屋はん」

「言いがかりをつける気ですか」

江藤屋が目を据えた。

「町奉行所へ持ちこみますか。この書付と薪とを持って」

一夜が返した。

町奉行所は商いも管轄する。呉服などの布関係と薬などは南町奉行所が、酒、廻船《かいせん》のかかわり、材木などは北町奉行所が担当し、悪質な者を取り締まっていた。

「町奉行所なんぞ、怖くないわ。知り合いの与力さま、同心さまがおられる」

「わたくしもお供しますよ」

町奉行所に十分な金を摑《つか》ませていると暗に誇った江藤屋に、駿河屋総衛門が告げた。

「うっ……」

駿河屋総衛門といえば、町奉行所の与力どころか、奉行と二人きりで話ができる。

「ちゃんと使ったぶんは、値切らんとここに入れてある。これで退いたほうが無事やで」

一夜が止《とど》めを刺した。

「くっ」

江藤屋が苦い顔をした。

「おまはんらはどうする」

「…………」

一夜に見回された商人たちが口をつぐんだ。

「無言は了承と取るで」

しっかりと一夜が釘を刺した。

「ほな、武藤はん、お願いするわ」

「任されよ」

荷車に積まれていた商品が、次々に降ろされた。

「使用したものの代金はここにまとめてある」

一夜が見せた袋に商人たちが群がった。

「わかってるやろうが、後で足らんは言いがかりにするからな。今、文句があるなら言うときや」

「…………」

皆一夜を睨むだけで、それ以上のことはなかった。

「では、これでお付き合いは終わりや」

一夜はさっさと表門のなかに引っこんだ。

駿河屋総衛門、武藤大作と荷車が続いたのを確認した素我部一新が大門を閉じた。

「くそっ」

「ふざけやがって」

商品を前に商人たちが罵った。

「このままですむと思うなよ」

「仲間に声をかけて、柳生にはものを売らないようにしてくれる」

口々に文句を言っていた商人の背後に、潜《くぐ》り門から出てきた素我部一新が立った。

「当家の屋敷の門前で、きさまらはなにをしておる。さっさとどかぬか」

門番の定番である六尺棒を手に素我部一新が怒鳴りつけた。

「なにを言われますか。これは柳生さまの」

「すべて終わったはずだぞ。つまり、おまえたちは当家とかかわりのない者である。それが門前を占拠して、なにやら不満を口にしている。そうか、おまえたちは当家に含むところがあるのだな」

とんと素我部一新が六尺棒の一方を地面に打ちつけ、音を出した後に構えた。

「ちょっ、ちょっと待ってくださいな。すぐに片付けろと言われても、これだけの薪束を一人で動かせるはずはございませぬ。店に戻って人手を連れて参りますので、それまでここで」

江藤屋が猶予を求めた。

「見ていろと」

「お願いをいたしまする」

念のために問うた素我部一新に、江藤屋が頼んだ。

「見ているだけでいいのだな。たとえ誰が持っていっても知らぬぞ」

「それはあまりでございましょう」

酷《ひど》い仕打ちだと江藤屋が素我部一新を睨んだ。

「そなたが当家にしてきたことは、酷くないと」

「……商いでございまする。わたくしがつけた値段でお買いあげになられたのは、そちらさまでございまする」

商売だから当然だと江藤屋が言い返した。

「なら門前でたむろいたし、退去を申しつけても退かぬ者を排除するのは門番の役目じゃ。言うて聞かぬのであれば、力尽くで追い払うとしよう」

素我部一新が今度は六尺棒を頭上で振り回した。

「ひえっ、江藤屋さん」

巻き添えを喰いそうになった他の商人が、江藤屋に非難の目を向けた。

「…………」

風切り音をさせながら、黙って六尺棒を振る素我部一新に、

「わたしどもはこれで」

さしたる重さのない商品を突っ返された商人たちが、先ほどまでの恨みを置いてそそくさと逃げ出した。

「あっ……」

江藤屋が手を伸ばしたが、商人たちは振り向きもしなかった。

「わ、わかりましてございまする」

両手を頭にあげて、江藤屋が屈みこんだ。

「温情を求めるというのだな。なれば、今後当家に手出しはするな。もし、妙なことがあれば、そなたが企《たくら》んだものとして厳しく対処いたすぞ」

「承知いたしましてございまする。決して、決して、柳生さまにはかかわりませぬ」

念を押された江藤屋が何度も何度もうなずいた。

「ならば、荷物を少し寄せておけ。出入りの邪魔にならぬところならば許す。ただちに人を連れて戻って参れ」

「は、はい」

あわてて江藤屋を始めとする重いものを扱っていた者が、荷を運んだ。

「日暮れまでに戻らねば、濠《ほり》に捨てる」

素我部一新が期限を切った。


一夜の案内で長屋へ通された駿河屋総衛門は、佐夜が茶の用意をして下がっていくのを見送った。

「お手をつけられて……」

「勘弁してえな。佐夜はんが、わたいごときの相手になるかいな」

その女ぶりに驚いた駿河屋総衛門に、一夜が強く首を横に振った。

「女ちゅうのは、美形ほど難しい。駿河屋はんもそれくらいはおわかりでっしゃろ」

「たしかにそうですが、淡海さまのお若さで、よくお気づきになられました」

駿河屋総衛門が、感心した。

「祖父はんから、さんざん聞かされましたわ。女と水には気をつけえ、中《あた》ったら酷い目に遭うからと」

「さすがは大坂で知られた淡海屋七右衛門さまですな。言われることが的確で」

一夜の言葉に駿河屋総衛門が、笑みを浮かべた。

「男っちゅうのは、女に弱い。まして若い男は美人に微笑《ほほえ》まれただけで、一発で落とされる」

一夜が苦笑しながら続けた。

「わたいも男や。世のなかの若い女、その半分はわたいに惚《ほ》れていると思いこみたい。ええ女は近くに置いておきたいし、吾がものとして好きなようにしたい。でも、女も同じことを思うているはずや。もっとええ男でないとあかんてな」

「はい」

駿河屋総衛門が、首肯した。

「男と女も駆け引きや。男にも好みがあるように、女にも望みがある。夫は武家でないとあかんとか、金持ちでないとあかんとか、今の収入はさほどでのうても、将来が見こめなあかんとか。そのすべてにわたいはあてはまらん」

「なにを仰せられますやら」

「近いうちに武家は辞める。金はあるけどわたいのもんやなくて淡海屋の財や。出世というのが武士になることやとしたら、将来は見こめへん。ほら、たいしたことおまへんやろ」

「…………」

なんともいえない顔で駿河屋総衛門が、一夜を見た。

「……ところで」

あきれた駿河屋総衛門が、話を変えようとした。

「よろしゅうございますので。わたくしだけに柳生家の出入り商人を任せて。何軒かに出入りを許されれば、愚かなまねはできなくなりましょう」

駿河屋総衛門が、少し険しい目つきになった。

「それについてやねんけどな……本来やったら、二、三軒の商人を入れて、価格競争をさせるべきなんやろうけど、柳生はまだ赤ん坊や。ようやく這《は》うことができるようになったところ。その赤ん坊に踊れっちゅうても無理な話や。今は信用のでけるところにすべて預けて、柳生家勘定方に立ちあがりかたを覚えさせるときですわ。そもそも駿河屋はん、柳生だけやのうて、諸藩の勘定方が城下に出て、米は一升なんぼやとか、薪は一荷いくらやと調べて、駿河屋はんに値下げ交渉できると思うてはりますか」

「できませんでしょう。お武家さまは見栄《みえ》を張られますから、決して値段が高いとはお口にされませぬ」

一夜の言いぶんを駿河屋総衛門が認めた。

「ですやろ。わたいがそのすべてをできたらええんやけど、江戸のことをなんとかしたら、次は国元へいかんならんのですわ。わたいがいなくなったら元通り、では困りますねん。そのために今回はちょっと強引なまねをしましたんや。やる気のないへんな癖と余得を知ってしまった勘定方を放り出し、若いのを入れたんは、わたいのやりかたを叩《たた》きこむため。武士やと言うたところで、人には違いない。米も喰うし、金も欲しがる。なら、値切りくらいできて当然ですやろ。しゃあけど、それらをやれるようになるには手間がかかる。とても他の店との競合まで手が回りまへん。その辺は、わたいが江戸を去ってから残った者にさせますわ」

「畏れ入りました」

駿河屋総衛門が、一夜に頭を垂れた。

「勘弁してえな。こんな若造に、駿河屋総衛門は頭さげたらあかんって」

一夜がおたついた。

「いえいえ。とんでもないことでございます。では、わたくしはこれで」

笑いながら駿河屋総衛門が、一夜のもとから辞去した。

「……いや、己ができるなら、やってしまうが早いと動くお方が多いなか、いなくなったときのことまでお考えとは……あの年齢でできることではございませんな。女を見る目もお持ちのようですし。冗談ではなく、ちょっと真剣に思案しなければいけません。あの祥《さち》の手綱を取って、駿河屋を盛りたててくれるお方として、ふさわしい。一万石ていどの勘定方にはもったいない」

駿河屋総衛門が、柳生屋敷を出たところで呟いた。

第五章　血と想い

一

将軍家の剣術稽古は、御座の間の下段でおこなわれるのが慣例であった。

また、稽古には家光《いえみつ》だけでなく、小姓《こしよう》たちも参加した。これは柳生宗矩《やぎゆうむねのり》、小野忠明《おのただあき》という剣術指南役が来ない日に、家光が稽古をしたいと言い出したときに相手をするためである。家光にへんな癖をつけさせないよう、小姓たちも柳生新陰流《しんかげりゆう》あるいは小《お》野派《のは》一刀流《いつとうりゆう》の型と動きを身につけさせるためであった。

そこに万一に備えた外道の奥医師が控え、監察役の目付が同席する。

いわば衆人環視の中で、柳生宗矩は家光に稽古をつける。

「では、柳生新陰流の稽古をおこないまする。慣例により、これより稽古が終わるまであらためさせていただきまする」

柳生宗矩が下段の間中央に膝を突いた状態で、上座にいる家光へ向かって一礼した。

「許す」

家光がうなずいた。

「では、始めましょうぞ」

柳生宗矩が立ちあがった。

「うむ」

家光も立ちあがり、下段の間へと降りた。

「上様……」

太刀持ちの小姓が跪《ひざまず》いて、黒檀《こくたん》に赤漆を塗った稽古用の木刀を家光へと差しあげた。

「……………」

木刀を受け取った家光が、一度、二度と振って、手の馴染《なじ》みを確認した。

「よし。始めようぞ、但馬《たじま》」

家光が木刀を構えた。

「……………」

その姿をじっと柳生宗矩は見つめた。

「左足に重心が乗りすぎておりまする。それでは右からの薙《な》ぎ、袈裟懸《けさが》けなどへの対応に遅れが出ますぞ。最初の構えは、臍下丹田《せいかたんでん》に気を静め、前後左右どこからの攻撃に対しても、すばやく応じられるように」

「そうなっていたか。躬《み》はまっすぐ構えているつもりなのだが」

家光が困惑した。

「左足が御身の利き足だからでございましょうが、その癖はなくしていただかぬと万一のときに刹那の遅れができますぞ」

柳生宗矩が家光を諭した。

「待て、但馬守」

同席していた目付が声を発した。

目付はその監察という役目柄、大名や旗本を呼び捨てにすることで権威を維持していた。

「そなた、今、万一のときと申したな」

「申したが、それがどうした」

剣術指南役としての柳生宗矩は、将軍の師匠になる。目付にへりくだるのは、将軍の威光を曇らせることになる。

柳生宗矩は割って入った目付を立ったままで睨《にら》んだ。

「我ら旗本衆が上様をお守りしておるのだ。万一などありえぬ」

目付が怒って見せた。

「上様」

「うむ」

目を向けられた家光が、柳生宗矩にうなずいて見せた。

「そなた名は」

家光が目付に問うた。

「目付安藤主水《あんどうもんど》にございまする」

「万一などないと申したの」

「はい。決してございませぬ」

「地震はどうじゃ。雷は。それもそなたは大事ないと、旗本がおればなんとでもなると」

「大事ございませぬ。きっと我らが上様をお助けいたしまする」

「いつ起こるかわからぬ地震もじゃな。揺れた瞬間、躬が倒れるのも防げると」

「…………」

「伏見《ふしみ》城が崩れた慶長《けいちょう》の地震では、城が潰《つぶ》れたぞ。飛騨《ひだ》の帰雲《かえりくも》城は地震に伴って起こった山津波で埋もれ、誰一人生き残らなかったという。それでそなたは守れると」

「そのようなことは滅多に起こりませぬ」

目付が首を左右に振った。

「万一というのは、そういうものであろう」

「っ……」

家光に指摘された目付が詰まった。

「躬も但馬守も、ここまで謀叛人《むほんにん》が入ってくることはないとわかっておる。たとえ、ここまで入りこめたところで、小姓どもがおる。吾《わ》が身を盾にしてでも守ってくれるとわかっておる。それでも剣術の稽古をするのは、一瞬の遅れがどのような結果を引き起こすかわからぬからだ。今、もし天井の梁《はり》が落ちてきたとして、咄嗟《とっさ》に動ければこれを避《よ》けることもできよう、違うのか」

「……いえ」

家光に言われた目付がうなだれた。

「そなた立ち会いは初めてだの。ゆえに此《こ》度《たび》は咎《とが》めぬ。黙って見ておれ」

「畏《おそ》れ入りました」

温情を与えられた目付が平伏した。

「さて、手間取らせたの」

「いえ」

柳生宗矩がほんの少し口の端をゆがめた。

家光は目付を許したように見せかけながら、手間取らせたと最後に口にすることで暗黙のうちに面倒なまねをしてくれたと怒りを悟らせた。

「………………」

目付が平伏したまま小さく震えた。

「さて、続きを」

「では。まずは……」

柳生宗矩は型を家光に取らせ、手直しをしていった。

「右肩があがりすぎでござる。今度は、拳の位置がよろしくございませぬ」

「こうか」

家光が素直に応じる。

剣術の稽古だからといって、木刀の試合などはしない。それこそ、万一、柳生宗矩の木刀が家光に触れて、怪我《けが》でもさせた日には切腹ものになる。

もちろん、求められたときは稽古試合をするが、そのとき柳生宗矩は撃ちこまず、家光の木刀をかわすだけにする。

とても仕合と呼べるようなものではないが、ときにはわざと当たって、家光に上達していると思わせたりもしなければならない。

「むっ、今の一撃はお見事でござる」

「会心であったわ」

接待に近いが、そうでもしないと家光は稽古にあきる。

言うまでもないが、柳生宗矩は当たったところで怪我をしないようにしていた。

「まだまだでござる。ほれっ」

これができず、一方的に家光を叩《たた》き、未熟を思い知らせるのが小野派一刀流の小野忠明であった。

家光を一人前の武士とする気ならば、小野忠明のやりかたが正しい。だが、天下統一となった以上、将軍は戦に出ることはなくなっている。もし、出たとしても分厚い警固に囲まれた本陣のなかである。家光が剣を振るうことはない。

家光は小野忠明の稽古を嫌い、剣術指南役を奪いはしなかったが、ほとんど呼び出すこともなくなった。

結果、小野忠明は六百石というどこにでもいる旗本のまま、失意のうちに寛永《かんえい》五年（一六二八）に亡くなっている。

「……これまでといたしましょう」

家光の息が荒くなったところで、柳生宗矩が稽古の終わりを宣言した。

「……ああ」

しばらく息を整えた家光が、うなずいた。

「ご無礼を仕《つかまつ》りましてございまする」

柳生宗矩が手を突いて頭をさげ、師範から家臣へと戻った。

「うむ」

木刀を刀持ちの小姓に渡した家光が、御座の間上段へと戻った。

「下がってよい」

腰をおろした家光が奥医師と目付に手を振って、退出を命じた。

「但馬守、少し稽古について訊《き》きたいことがある」

目付たちがいなくなるのを待って、家光が柳生宗矩に向かって目で合図を送った。

「なんなりと」

柳生宗矩が首肯した。

「一同、遠慮いたせ」

家光が他人《ひと》払《ばら》いを命じた。

「はっ」

小姓と小納戸《こなんど》たちが御座の間を出ていった。

「……………」

一人太刀持ちの小姓だけは残る。これはなにかあったときの用心というより、怒った将軍の求めに応じて、上意討ちのための太刀を渡すためである。

当然、他人払いをした場所での会話は聞いても、他に漏らすことはない。誓紙も書いているが、もし漏れたとあれば腹を切るていどでは収まらず、族滅になる。

「左門《さもん》はいかがいたしておる」

最初に家光は寵臣《ちょうしん》の様子を訊いた。

「お心をお割きいただき、左門も感激いたしておりましょう。左門に成り代わりまして、お礼を申しあげまする。おかげさまをもちまして壮健に過ごさせていただいておりまする」

柳生宗矩が礼を述べた。

「そうか。病がよくなったのであれば、近いうちに江戸へ戻せ」

「旅ができるほどではございませぬ。ですが、本復のさいはかならず、ご機嫌伺いをさせまする」

家光の指図を柳生宗矩がかわした。

「きっとであるぞ」

「はっ」

厳しく家光が釘《くぎ》を刺し、柳生宗矩が頭《こうべ》を垂れた。

「で、どうなっておる」

家光が話を変えた。

「調べを始めてはおりまするが、なにぶんにも表立って伊賀《いが》者を使うわけにもいきませず……」

加藤明成《かとうあきなり》のことを問うた家光に、柳生宗矩が首を横に振った。

「そなたの家中《かちゅう》に伊賀者はおらぬのか」

「幾人かはおりまする。ですが、ほとんどが国元に配しておりまして。今、呼び出しておる最中でございまする」

家光の質問に、柳生宗矩が申しわけなさそうな顔をした。

「難しいか、無役では」

「ご台命《たいめい》、なにをおいても果たすべしと心得てはおりまする」

うなずくことはできなかった。認めれば、柳生宗矩を惣目付《そうめつけ》から外す判断をした家光を非難することになる。

柳生宗矩は建前で逃げた。

「手が足りぬのであろう」

小さく家光が嗤《わら》った。

「攻めに出ようとしたら、守りが薄くなる。そうであろう」

「……上様」

柳生宗矩が息を呑《の》んだ。

「躬が知らぬとでも思ったか。ああ、あの愚か者は、躬に気づかれておらぬと思っておろうが」

家光が楽しそうに笑い声をあげた。

「……まったく愉快よの。躬を男色好きの無能だと思っておるから、まったく気にもせぬ。少し考えればわかるだろうに」

わざと家光が、そこで言葉を切った。

「……躬は両親を抑えこみ、実の弟を殺したのだぞ。飾りや無能にできることではない」

「はっ」

柳生宗矩が平伏した。

「左門をそなたが遠ざけたのも、惣目付という表向きは公明正大でなければならぬ役目の足下を崩してはならぬと思えばこそである。まだまだ徳川《とくがわ》は外様を、無用になった譜代を潰さなければならぬから我慢しただけじゃ」

「…………」

家光の怖《おそ》ろしさに気づいた柳生宗矩が沈黙した。

「戦は終わった。天下は泰平になった。では、武士はなんのためにある。刀槍《とうそう》の術、鉄炮《てっぽう》の意味はなんだ。ああ、いざというときのためだとか、心身を健やかに保つためだとかといった念仏は要《い》らぬぞ」

問うように言いながら柳生宗矩を家光が牽制《けんせい》した。

「…………」

柳生宗矩は答えられなかった。

「武士は変わらねばならぬ。力で押さえつけるだけでは、やっていけぬ世になった。武士は民を導く者となる。百姓どもにそれをさせては、耕作から離れる者が出て物成りに影響が出る。職人にさせようにも、あやつらは技を極めるだけで、考えが狭い。商人は金儲《かねもう》けのことしか頭にない。なにより民には読み書きのできる者が少ない。となれば、武士がするしかないだろう。ああ、公家《くげ》は論外じゃ。あやつらは干からびた喰《く》えもせぬものを崇《あが》め奉ることしかせぬ」

家光が続けた。

「武士が天下を守り、民を導く。これが正しい姿である」

「仰せのとおりかと」

長く家光が語ったことで、ようやく柳生宗矩は落ち着きを取り戻した。

「だが、武士は多すぎる。これからの世に戦いしかできぬ者は要らぬ。そうは思わぬか」

「…………」

また柳生宗矩は絶句した。

同意すれば、政《まつりごと》のできぬ武士は不要と認めたことになる。そして、それは政の役には立たない武芸を捨てることに繋《つな》がってしまう。

「安心せい。将軍は政を主とするが、同時に天下の武の象徴でもある。将軍が箸しか持てぬとなれば、今なら勝てると思う愚か者が出てきかねぬのでの。剣術指南役がなくなることはない」

家光が首を横に振った。

「かたじけのうございまする」

「それにそなたは、政の裏を担えるからの。決して潰さぬ」

「尽力いたしまする」

こき使うと宣言した家光に、柳生宗矩が手を突いた。

どれだけ酷使されようとも、潰されるよりははるかにましである。

「だが、そなたのようには使えぬ者が多い。槍《やり》の腕、剣術の技を自慢してどうする。もう、これから殺し合いなどはこの世からなくなるのだ。いや、なくさねばならぬ。力が正義ではならぬのだ。力ではなく秩序こそ正義。世を乱す者は許さぬ。そうせねば、いつまた天下を狙う者が出てこぬとも限るまい。これから先も永遠に天下は徳川が保つ。さすれば万民も安心して家業に励めよう」

「まことに」

徳川の家臣として首肯するところであった。

「民を導くに足りぬ者は邪魔である。武士だからとなにもせず、禄《ろく》を堂々とむさぼるだけの者など害虫に等しい。そのような輩《やから》は武士という軛《くびき》から外し、新田の開発や人足仕事をさせたほうが、世の役に立つ。そうであろう、但馬守」

「まさにお言葉のままかと」

柳生宗矩が頭を垂れた。

「話は終わりである」

家光が今度は手を振って、下がれと柳生宗矩に命じた。

「はっ」

柳生宗矩が一度平伏して、腰をあげた。

「待て、但馬守」

「なにか」

あわてて柳生宗矩が膝を突いた。

「そなたの四男、大坂から呼び寄せた者に目通りを許す」

「…………」

柳生宗矩が息を呑んだ。

目通りを許す。

これは連れてこいという上意であった。

二

「なんということよ」

城内を歩きながら、柳生宗矩が苦い顔をした。

「一夜《かずや》にまで手を出されるおつもりか」

一夜は剣術をしていなかっただけに、身体《からだ》の線が細い。十兵衛《じゅうべえ》三厳《みつよし》、主膳宗冬《しゅぜんむねふゆ》に比べて小柄でもある。

「面相では及ばぬが、左門に身体付きはよく似ている」

左門友矩《とものり》の生母は、美貌で知られた女であった。その面影を強く受け継いだ左門友矩は、父親から見ても可愛《かわい》いものであり、まだ前髪を結っていた子供のころなど、女と見まがうほどの美形であった。

「次男と四男を差し出したなどと言われてみろ。柳生家の名前は地に墜《お》ちる。それこそ、剣術の稽古と言いながら、なにをしているのかわからぬと噂《うわさ》される」

寵臣が生まれるのは、主君も人の身、好き嫌いがあって当然であった。ただ、それが将軍となると影響が大きすぎた。

事実、左門友矩は家督を継げぬ次男というのもあってか、別家を許されたのみならず、仕えてわずか七年で二千石を与えられている。三男主膳宗冬が書院番で三百石という扱いから見ても、左門友矩は破格であった。

「主膳は上様のお気に召さなかった」

兄左門友矩を絶えず側《そば》に置き、いろいろと淫《みだ》らなまねをしているところを見せつけられた主膳宗冬が、家光を心のなかで嫌うのは当然である。

家光も可愛い左門友矩を汚らわしいもののように見る主膳宗冬を好まなかった。そのため主膳宗冬は、その剣の腕だけを買われて将軍外出の警固を担当する書院番に任じられ、左門友矩のように側付きである小姓には抜擢《ばってき》されなかった。

「十兵衛三厳は手厳しく、上様の手を払った」

閨《ねや》御用を命じようとした家光に、十兵衛三厳は強烈な拒否を浴びせた。結果、十兵衛三厳は諸国武者修業に出るという名目で、役目を解かれた。

長男と三男が拒んだ家光を、次男は喜んで受け入れた。庶子というのもあり、正室腹である兄と弟から、軽く見られていたことも原因であったかも知れなかったが、左門友矩は家光に傾倒した。

　その左門友矩を柳生宗矩は家光から取りあげた。

　さすがに男色の相手を拒否したからとか、遠ざけたからという理由で柳生家に罰を与えることはできなかった。そのようなまねをすれば、まともな者たちは家光への忠誠心をなくし、愚かな者たちが代わりに寵愛《ちょうあい》を狙おうとして、子供たちを押しつけてくる。そうなれば、幕府は規律を失い、やがて天下の信頼もなくしてしまう。

　家光はそれに気づかぬほど愚かではなかった。

「一夜が柳生の勘定方を担うと知ってのうえでか」

　柳生宗矩が家光の表立ってできない復讐《ふくしゅう》ではないかと考えた。

「そのために武士は政をなす者とわざわざお聞かせになった……」

　商人に任せられないと家光は言ったが、今の一夜は武士である。武士ならば、天下の勘定を差配してもおかしくはなかった。

「そこまで左門に固執なさるか」

　家光の執着心に柳生宗矩が恐怖した。

「但馬守どの」

　一人思考に耽《ふけ》りながら歩いていた柳生宗矩に、声がかかった。

「……どなたじゃ。修理亮《しゅりのすけ》どのか」

柳生宗矩が足を止めた。

「本日はお稽古でございますかな」

秋山《あきやま》修理亮が、柳生宗矩に近づいた。

「いかにも。上様のお召しで指南をさせていただいた」

柳生宗矩がうなずいた。

「さすがは天下の将軍家。武をおろそかにされぬというのは、英邁《えいまい》の兆しでございますな」

「兆しではない。上様はまさにご英傑であらせられる」

秋山修理亮の言葉を柳生宗矩が訂正した。

「…………」

称賛したつもりが、足りぬと戒められた。

秋山修理亮が鼻白んだ。

「修理亮どのよ。ご用件は」

家光の策にはまったとわかっている柳生宗矩である。機嫌は悪い。秋山修理亮を用もなしで止めたのではなかろうなと睨んだ。

「用件は……お願いがござる」

「願い、拙者に貴殿が」

柳生宗矩が怪訝《けげん》な顔をした。

「是非ともお願いいたしたい」

「……伺うだけは伺いまするが、できぬこともござる」

敵対しているとわかっている相手である。まちがえても言質を取られるわけにはいかない。

柳生宗矩は慎重に答えた。

「いかがでござろうか、ご家中の勘定方、淡海《おうみ》どのを当家にお譲りいただけませぬか」

「なにをっ」

家光に続いて秋山修理亮まで一夜に手を伸ばしてきた。一度勧誘を受けたとは聞いているが、まさか直接言ってくるとは思ってもみなかった柳生宗矩が驚愕《きょうがく》した。

「なぜ、貴殿が一夜、いや淡海のことを知っている」

「貴家同様、出入りを許している遠江屋《とおとうみや》から、柳生家に商人でも及ばぬほどの勘定方が入ったと聞きましてな。ご存じかどうか、わたくしの家中も武を誇る者には事欠きませぬが、勘定となりますとまったくでござって」

口調も乱れた柳生宗矩に、秋山修理亮が述べた。

「……遠江屋か」

一夜の報告にあった名前を柳生宗矩は思い出していた。

「あいにくだが、お譲りするわけにはいかぬ」

柳生宗矩が拒んだ。

「やはりいけませぬか。残念な」

秋山修理亮がわかっていたと言いながらもため息を吐《つ》いた。

「おわかりいただけたならば、これにて」

家光への対応も考えなければならない。柳生宗矩が秋山修理亮の相手を終えようとした。

「もし、淡海どのが、当家へ移りたいと願われたときは、いかがなさる」

秋山修理亮が笑みを浮かべながら問うた。

「そのようなことはござらぬ」

「あったらの話をしております。そのときはお邪魔なさいませぬな」

きっぱりと否定した柳生宗矩に秋山修理亮がまだあきらめなかった。

「……いや、それはできぬ」

「なぜでござる。奉公に足りぬ主君ならば、移るのは武士の習いでござろう」

秋山修理亮が柳生宗矩を主君としては不足だと言った。

「無礼ぞ、修理亮」

聞き逃せないと柳生宗矩が憤慨した。

「お平らになされ。殿中でござるぞ」

秋山修理亮が柳生宗矩を窘《たしな》めた。

「むっ」

相手は惣目付である。大名は惣目付によって監察される。

柳生宗矩はあらためて立場のない頼りなさを感じていた。

「では、よろしいな」

秋山修理亮が勝ったとばかりに微笑《ほほえ》みを浮かべながら、背を向けようとした。

「お待ちあれ」

今度は柳生宗矩が止めた。

「なにか」

振り向いた秋山修理亮が冷たい目で柳生宗矩を見た。

「あらためて申しておく。淡海は渡せぬ」

「同じことを言わせるおつもりか」

秋山修理亮があきれた。

「いいや。先ほど上様より、淡海一夜に目通りを許すとのご諚《じょう》を賜った」

「なんだと」

柳生宗矩に言われた秋山修理亮が驚いた。

「吾が一門、柳生家四男として、目通りを許すとな」

もう一度柳生宗矩が繰り返した。

「………………」

家光が一夜を柳生家の者と認めた以上、それを横から引き抜くことはできなかった。

秋山修理亮が黙って、柳生宗矩から離れていった。

「………………」

その背中を見送りながら、柳生宗矩は背筋に冷たいものを感じた。

「上様は、これを見こして、一夜の目通りと仰せになられたのか」

家光が一夜を気にした。これだけで秋山修理亮だけでなく、他の大名や旗本たちは、一夜への手出しができなくなる。家光が目通りをと言うだけで、秋山修理亮の策は潰《つい》えたのだ。それに柳生宗矩は思い当たった。

「左門を上様から引き離したのは失敗だったか」

柳生宗矩が愕然《がくぜん》となった。


甲賀《こうか》の闇たちは一人あるいは二人とばらばらになって柳生の郷《さと》へと向かっていた。

「我らは伊勢《いせ》から入る」

大きな荷を担いだ行商人の姿になっている弐《に》と参《さん》が桑名《くわな》で分かれた。

「吾《われ》は近江《おうみ》から回ろう」

牢人《ろうにん》に扮《ふん》した五《ご》が離れていった。

「では、我らはこのまま大和《やまと》街道を進もうぞ」

「ああ」

壱《いち》に言われた四《し》がうなずいた。

「……目が付いているぞ」

少し歩いたところで、壱が四に囁《ささや》いた。

「伊賀者だの。一人か」

「いや、二人だ。一人は前におる」

四の確認に、壱が告げた。

後を尾《つ》けるのにもっとも目立たないのが、目標より前を進むことであった。尾けられていることを意識する者は、後ろばかりを気にし、前をほとんど見ていない。

適当な間合いを空けて前を行くのが、もっとも高等な技であった。

「どれだ」

藩士の振りをしている四が壱に訊いた。

「四人前の右手におる鍬《くわ》を担いだ百姓」

短く的確に壱が答えた。

「疑われている……」

「どうであろう。ただ領内に入った者が、出ていくまで見届けるというのかも知れぬし、怪しいと睨まれているのかも知れぬ」

「目を付けられているという感じはないな」

壱の呟《つぶや》きに四が述べた。

人というのは思っているよりも背筋が気配に敏感である。後を尾けている者が、じっと目を離さないでいるようなら、背筋が苛《いら》つく。普通の人でさえ、何気なく人に見られていると感じるときがあるのだ。忍《しのび》が感じるのは当たり前であり、それを知っているのも当然であった。

「さすがだな」

壱が伊賀者を褒めた。

「どうする。このまま伊賀を過ぎるか」

四が伊賀者の目を外すために、伊賀を通過するかと尋ねた。

「いや、かえって目立つだろう。一応剣術修業をしている者という体で桑名を出たのだ」

宮《みや》から船で桑名に渡った壱と四は、湊《みなと》の茶屋で休息をとりながら、そういった話をしていた。

「剣術修業をしていると言った者が、柳生に立ち寄らぬなどありえまい」

「危なくないか」

「いや、我らに目を向けさせておけば、参たちが動きやすくなる」

四の懸念を壱が解いた。

「しかし、柳生道場に入りこんだ者たちのうち、無事だったのは一人だと聞いたぞ」

まだ四は気にしていた。

「だからよ。我らは船で桑名に降り立った。甲賀から来たとはまず思うまい。疑わしいとは思ったところで、手出しはできぬ。されど柳生道場へ向かうと言いながら行方不明になったとなれば、疑われるはめになる」

壱が大丈夫だと言った。

「…………」

「それに我らの役目は左門友矩、十兵衛三厳、一夜を仕留めることであり、我らが生き残ることではない」

まだ納得していない四に壱が告げた。

「甲賀のために死ぬのが役目」

「わかってはいるが……堀田家からの褒賞を味わえぬのが無念である」

壱の言葉に四が嘆息した。

「四十人扶持《ぶち》だぞ。一年に二百俵。それだけあれば、もう飢えることはなくなる」

幕府は一人扶持を五俵と換算していた。一俵は三斗五升、石高で七十石。それも武家の石高のように五公五民ではなく、まるまるもらえる。それこそ、甲賀の郷が毎日白米を喰えるだけの量になった。

「正月と節季だけしか白米を口にできない日々から抜け出るのだ。それを見届けたいとは思わぬのか」

「………………」

「なにより、その恩恵を郷にもたらすのは我らぞ。その我らが米を喰うことなく死なねばならぬのはおかしくないか」

「定めじゃ。それが甲賀の裏に配された者のな。親の死に目にも会えず、未練を残さぬため妻《めと》も娶れず、子もなせぬ。その代わり、任にある間は旅籠《はたご》に泊まり、二の膳付きの贅沢《ぜいたく》が許される。そなたもそれにつられて、陰に回ったのだろう」

「……それはそうだが」

「ならばあきらめろ」

不満を漏らした四に壱が冷たい声を向けた。

「わかっているだろう。陰に入った以上、二度と表には戻れぬ。陰に怖れをなしたとき、裏に嫌気が差したとき、おぬしは我らによって命を絶たれる」

「……わかっている」

四がうなずいた。

「近づいてきている。話を聞こうとしているのか」

壱が背後の伊賀者の気配を感じた。

「……だから柳生新陰流の道場を見学してよいのかと」

口調も声の高さもそのままで四が話を変えた。

「剣術を学ぶ目的は、武を極めるためであろう。そのためならば他流でも学ぶべきだと拙者は思う」

壱も合わせた。

「一刀流が劣ると」

「違う。一刀流が新陰流に劣るわけではない。だが、一刀流にはない技もあろう」

「それをただの見学の者に見せてくれるわけなかろうが」

四があきれた。

「真摯《しんし》に頼めば、ともに武を突き詰める者同士ぞ。きっとわかってくれる」

壱が青いことを口にした。

「では、代わりに一刀流一の太刀を見せろと求められたらどうする」

「……応じる」

一瞬の躊躇《ちゅうちょ》を見せたが、壱が告げた。

「求めるだけならば子供と同じ。求められたら応じねばなるまい。もっとも対価は等しくなければならぬが」

壱が言った。

「断られたらあきらめろよ。あまり寄り道をしている余裕はないのだ」

「わかっているとも」

嘆息した四に、壱がうなずいた。

「道場へ寄るつもりか」

間を詰めかけていた伊賀者が、さりげなく距離を空けた。

「腰の据わりはそれなりだが、威の位が使えるほどとは思えぬ」

伊賀者が壱たちの腕を値踏みした。

威の位とは一の太刀の別名、いや完成形である。一の太刀自体は、大上段から繰り出す必殺の一撃で、全体重、筋力のすべてを込めるため、防ごうとした太刀も割ると言われている。たしかに当たれば、頭から股間まで真っ二つにできる。とはいえ、避けられれば、全身全霊を使い果たすため、敵の前に隙だらけの身をさらす。

「どっちにしろ必殺」

当たれば敵が、外されれば己が死ぬ。これを秘太刀とするほど一刀流は甘くなかった。

そして生み出されたのが威の位であった。

威の位は一の太刀を突き詰めたことで生まれた。

言うまでもなく、白刃というのは人の命を簡単に奪えるもの独特の迫力を持っている。白刃になれていない者は、見ただけで身体が竦《すく》む。まして、切っ先が己に向けられたとなれば、恐怖で固まってしまう。

威の位は、その威圧に殺気をくわえ、強力にしたものと言える。

太刀を上段に構え、白刃の迫力を相手に見せつけながら、剣士の殺気を合わせる。

もちろん、なまじの剣士ならば、殺気を出したところであっさりと受け流されるが、名人上手となると、威力は桁違いになる。

「う、動けぬ」

未熟な剣士はもちろん、その威に飲まれた者は、蛇に睨まれた蛙《かえる》同様、身体が竦んで動けなくなる。

抵抗できない者など後は斬るだけ、まさに威の位は無敵であった。

伊賀者は、そこまでの者ではないと壱と四への警戒を緩めた。

「後は結界を守る者に預けるとするか」

伊賀者も無限にいるわけではない。少ない人数で伊賀の郷と柳生の庄を守っているのだ。どこかで見限らなければ、入り口の警固に穴が開く。とくに桑名の湊は、東海《とうかい》道《どう》と伊勢街道の両方を見張れる重要な拠点だけに、人手を割くのは厳しい。

伊賀者が足を止めて、壱と四を見送った。

三

一夜は柳生家出入り商人の振り分けを終えた。

「これで意味のない金は出ていけへん」

柳生家を食いものにしていた商人と、その商人から金やものを受け取っていた家臣を切り離すことで一夜は、まず改革の第一歩を踏み出した。

「はあ」

その代わり、勘定方が一夜を残して総入れ替えされた。

さすがに柳生家の金を私腹していたわけではないため、放逐されることはなかったが、皆禄を大幅に削られたうえ、国元での逼塞《ひっそく》を命じられた。

「…………」

勘定方が全員、多寡の差はあるとはいえ、商人から金やものを受け取っていたと聞かされた柳生宗矩が絶句した。

「あれらは忠義厚き者どもじゃ。賄《まいない》を受け取るようなまねなどせぬ」

同席していた主膳宗冬が反発した。

「おのれが柳生の財を好きにするために、あやつらが邪魔になったのであろうが」

「よかったですな、殿さん。三男さまはしっかり当主としての素質をお持ちでっせ。他人を疑う。これがでけへんお方は、いつか落とし穴にはまる」

主膳宗冬の弾劾を、一夜は嘲笑した。

「ただ、損得勘定もでけへんでは、とても家を保ちかねますけどな」

「きさまっ」

「抑えよ」

憤る主膳宗冬を柳生宗矩が手で制した。

「一夜、なぜ主膳宗冬が家を潰すと申したのだ」

「柳生家一万石の金なんぞ、淡海屋は三日で稼ぎます」

柳生宗矩の問いに一夜が答えた。

「一年かかって年貢と運上を集め、そのすべてを持ち逃げしたとして、一千両いくかどうか」

「そんなに少ないはずはない。一万石の大名だぞ」

主膳宗冬が父親の制止を振り切って、一夜に詰め寄った。

「年貢ちゅうのをご存じで」

一夜は逃げもせず、主膳宗冬を見つめた。

「知っておるわ」

「では、一万石の年貢はどんだけでっか」

大声で応じた主膳宗冬に重ねて一夜が問うた。

「…………」

「一石はいくらになりますか」

「…………」

「柳生家の家禄のうち、家臣たちの禄はどのくらいかは」

「…………」

どの質問にも主膳宗冬は答えられなかった。

「殿さん、主膳はんは柳生家の跡継ぎですかいな」

黙りこんだ主膳宗冬から、一夜は柳生宗矩へと話を振った。

「いいや。柳生家の跡継ぎは嫡男の十兵衛である。主膳には少ないが、上様より三百石のご新恩を賜っておるゆえ、別家することになろう」

柳生宗矩が首を左右に振った。

「三百石ちゅうと、家臣はどれくらいに」

「今は当家におるからの、主膳に家臣はおらぬ」

訊いた一夜に、柳生宗矩が答えた。

親子の同時勤めでは、子供が軍役に応じた家臣を抱えなくても咎められない。いざというときは、親から家臣が出される。それに幕府としても主膳宗冬に屋敷を与えなくてもすむ。天下の城下町となった江戸は膨張を重ねており、新たな土地を確保するのは難しい。

左門友矩ほどの寵愛を受けると屋敷も与えられたが、滅多にあることではなかった。

「別家しはったときは」

「そうよな。軍役だと侍身分は一人、小者《こもの》が七人といったところか」

惣目付をしていただけあって柳生宗矩は軍役にも詳しかった。

「家政を任すには、さすがに侍身分でないとあきまへんやろ」

「小者では商人に甘く見られるだろう。なにより小者で読み書きできる者はまずおらぬ。ましてや算盤《そろばん》など使えぬ」

「読み書き算盤ができたなら、小者奉公なんぞしまへんわな。いくらでも商家の奉公先はありますやろうし、ちょっと小金を貯《た》めたら商いを始められる」

一夜がうなずいた。

「なにを話している」

主膳宗冬が一夜に問うた。

「別家しはったら、主膳はんが家政を見んならんちゅうことですわ」

「なぜだ。当主はそのような雑用を……」

「雑用と言いなはるかあ」

主膳宗冬の言いかたに一夜が苦笑した。

「まあ、よろし。わたいは雑用をしているつもりはおまへんので、主膳はんの家政には手出ししまへんので」

「そなたに触らせるものか」

一夜のため息に、主膳宗冬が応じた。

「ということでございますよって、柳生の本家はんだけの話に戻りますわ。せんならんことが山のようにたまってますし、新たな勘定方をしつけなあかんので、少しでも無駄なときはごめんですよってな」

「…………」

柳生宗矩が苦い顔をしたが、なにも言わなかった。

「出るは抑えました。次は入るを考えなあきまへん。国元のことは先日お話ししましたので、今度は江戸ですけどな」

「聞こう」

柳生宗矩が一夜の具申を認めた。

「やはり道場の束脩《そくしゅう》を取りましょう」

「きさまっ、剣術を商売に貶《おとし》めるつもりか」

一夜の提案に主膳宗冬が怒った。

「節季ごとに贈りものをくださっているお方ですけど、どんなもんをもらってはります」

主膳宗冬を無視して、一夜が問うた。

「そうよな。やはり白絹が多い気がする。大名家によっては、国元の名産ということもある。旗本や御家人などは金もあるな」

「金はどのくらいで」

現金の話が出た。一夜が身を乗り出した。

「卑しいやつめ」

主膳宗冬が一夜を見下した。

「石高と家格で変わるが、多くて一両から少ないもので銭百疋《ぴき》だの」

「で、その金はどこへ」

「用人《ようにん》に渡しておるが」

「白絹などは」

「そのまま当家から他家への挨拶に流用しておる」

訊いた一夜へ柳生宗矩が告げた。

「その差配も」

「松木《まつき》がしておる」

柳生宗矩が首肯した。

「ほな、一度これで。どうするかの案が固まったら、またお話ししますよって」

そそくさと一夜が出ていこうとした。

「一夜」

柳生宗矩が止めた。

「なんです」

座りなおした一夜が訊いた。

「秋山修理亮には近づくな。どのような誘いがあろうともな」

「なんぞおましたんか」

「そなたは知らずともよい。命じたぞ」

柳生宗矩が行っていいと手を振った。

将軍家光のことがあるため、表立っての手出しができなくなった秋山修理亮の行動を柳生宗矩は危ぶんでいた。

「へえ」

首をかしげながらもわかったと答え、一夜がいなくなった。

「主膳」

「…………」

二人きりになった途端、柳生宗矩の声にあきれが含まれた。

「正室から生まれたそなたが、庶子を嫌うのはわからんでもない。ましてや一夜は、側室や妾《めかけ》でさえない行きずりの女が産んだ庶子ともいえぬ者じゃ。儂《わし》も大名になることがなければ、あのまま放置していただろうし、じつのところ忘れてもいた。そなたにいたっては、呼び出すと儂が告げるまで、あやつのことなど知りもせなんだはずじゃ。それをいきなり弟と思えと申したところで無理だとはわかっている」

「……なぜ」

柳生宗矩の言葉に、主膳宗冬が小さく口にした。

「なぜ、あやつの母親に手を出したかというのだな。戦場だからじゃとしかいえぬ。戦場は格別なものよ。勝てる戦が負けたなどいくらでもある。どれほど剣術が得手であろうが、槍を遣えようが、流れ矢や鉄炮には勝てぬ。戦場には死が溢《あふ》れている」

語るように柳生宗矩が続けた。

「死は恐ろしいものぞ。己の積み重ねてきたものが一瞬で潰える。柳生新陰流の達人という名誉が、雑兵の鉄炮に撃たれて死ねば地に墜《お》ちる。柳生流も鉄炮には勝てぬ。剣術など役に立たぬという連中に、大義名分を与えることになる。それは許されぬ。剣術の流派として柳生新陰流は死ぬことになる。吾が身一つのことで父柳生石舟斎《せきしゆうさい》の苦労が、上泉伊勢守《かみいずみいせのかみ》さまの業績が壊れる。一人のことで終わらぬ。この恐怖はすさまじいぞ」

「……うう」

聞いた主膳宗冬が震えあがった。

「そして男というものは、その恐怖を女《おなご》にぶつけたくなるのだ。こればかりは、どれほど修業を重ねようとも消せぬ。そなたは戦場を知らぬ。そなたが生まれたのは大坂の陣より前ではあるが、まだ三歳だったからの。おそらく二度と戦場へ赴くことはなかろうが、人を殺せば、逸物《いちもつ》が勃《た》つのよ。それも痛いほどにな」

「逸物が……」

主膳宗冬が股間に手をやった。

「他の者も同じようなことを申していた。戦っている最中はそれに気付かないが、戦いが勝ちで終わるとわかった途端、股間がいきっていることを知るとな」

柳生宗矩がなんとも言えない顔をした。

「あのとき、ああ、一夜の母を知ったときだがな。もう後がないと思った大坂方の牢人が、名残にか、恐怖からか城下に出て、商家を襲い、一夜の母を犯そうとした。そこに儂は偶然通りかかり、狼藉者《ろうぜきもの》を斬り伏せた。目の前には襲われかけて、胸も股も露《あら》わになっている女、そして人を斬ったことで屹立《きつりつ》した儂。どうなるかは言うまでもあるまい。ああ、もちろん、儂は牢人と同じことをしたわけではないぞ。一夜の母がその乱れた姿で、儂にすがりついてきたのだ」

一夜の母が誘ったと柳生宗矩が言いわけした。

「さすがに牢人の血で濡《ぬ》れたところに女一人を残していくわけにもいくまい。宿舎に連れて戻って……一度は身を隠すものを与えて帰らせたのだが、その後にの」

息子に女の話をする。気まずそうに柳生宗矩が横を向いた。

「さようでございましたか。やはり卑しい商人の娘、慎みがございませぬな。その血が一夜にも流れておると」

主膳宗冬が満足げに首を縦に振った。

「…………」

柳生宗矩は何も言わなかった。

「やはり柳生の名を与えずにすんでよろしゅうございました」

ほっと主膳宗冬が安堵《あんど》の息を漏らした。

「あのような者が、天下にその武ありと知られた柳生の一門だと世間に知られていれば、明日よりわたくしは顔をあげて城中を歩けぬようになるところでございました。家臣となされた父上のご慧眼《けいがん》、まことにお見事でございました」

「百石失ったがな」

「それは……」

一万石で百石というのは家老か用人でなければ届かない上士中の上士になる。

主膳宗冬が勢いを失った。

「……たかが百石でございますぞ。百石で柳生の名誉が守られたと思えば安いものではございませぬか」

気を取り直した主膳宗冬が、一夜など相手にならぬと首を横に振った。

「あやつがわずか十日ほどの間になしたことを知っておろう。五年先、いや三年先、あやつに与えた領地がどれほど発展しているかの。そなたの禄より少ないと言えるか」

「…………」

父の言葉に主膳宗冬が息を呑んだ。

四

佐夜《さよ》は一夜のいない間も、女中としての仕事に手を抜かなかった。

「……これでいいか」

どうしても己の見える範囲だけで満足してしまいがちになるのが、掃除である。しかし、相手の身長や、歩くときの癖、近づけば見えなくなるが、遠くからだと気付くなど、己にはわからないところが出てくる。

とりあえず働けばいいという女中ならば、そのあたりを気にしないが、意外と雇用主は気付く。

佐夜は大きめの桶《おけ》をひっくり返し、その上に立つことで一夜の見ている風景を吾がものとして、手抜かりのないように努めていた。

「後は、敷物を干すか」

寝るときに敷いている薄い木綿の敷布を取りに、佐夜は一夜の部屋へ入った。

「……まったく」

障子を開けた瞬間、佐夜が嘆息した。

「たった一日でここまで散らかすのは、才能か」

一夜の部屋は、書き散らした紙や特定の箇所で開かれたままの書物、書付で足の踏み場もないほどであった。

「片付けたいが……」

ちらと反古《ほご》のように皺《しわ》の寄っている紙を覗《のぞ》きこんだ佐夜が首を横に振った。

「書いてあることはわかるが、捨てていいのかどうかの判断がつかぬ」

そこには、藩を豊かにするための策がいくつも書かれ、いくつもが消されていた。

「無理矢理連れて来られたという割には、一生懸命だの」

佐夜は一夜のことを理解できていなかった。

「……ちょっと試してみるか」

なんとか敷布を取った佐夜が口の端を吊《つ》り上げた。

帰ってきた一夜は、早速部屋に籠もった。

「握り飯と白湯《さゆ》、香の物を用意しておいてんか」

一夜は佐夜に食事の指示を出した。

「夜も昼と同じでええ。いや、面倒やから握り飯を二食分、白湯は土瓶ごとくれたらええ。香の物も大根を適当に切って皿に盛っておいて」

「ご指示とあれば、従いまするが……せめて夕餉《ゆうげ》だけは休息をかねて……」

「すまんな。今、攻勢に出たところやねん。ここで足踏みしたら、せっかく生み出した優位が崩れる」

「それほどの相手でございますか」

「商人ちゅうのは、一瞬でも油断したらしっかり利をもぎとっていく。また、そうやないと商人やない。柳生家はまだ満身創痍《そうい》や。ここで一つええのをもらったら、立ちあがるのにどんだけかかるか、わからへんなる」

驚く佐夜に、一夜は告げた。

「………………」

「ほな、頼んだで」

唖然《あぜん》とした佐夜をおいて、一夜が仕事を始めた。

そのまま一夜は握り飯をかじりながら書付を読み、置いては算盤を弾《はじ》くを続けた。

「失礼をいたしまする」

夢中で仕事をしていた一夜は、障子ごしに声をかけている佐夜に気付いた。

「……ああ、なんや」

一夜は佐夜に障子を開けていいと許可を出した。

「まだお仕事をなさっておられまするか。すでに深更を過ぎておりまするが」

「おう、もう夜中かいな」

言われて一夜が気付いた。

「もう少し詰めておきたいんやけど、明日もあるしなあ」

未練たらしく一夜が、手元の書付を見下ろした。

「お身体を壊されては……」

「ああ、大丈夫や。算盤触っていると安心やしなあ」

一夜が心配してくれる佐夜に手を振って見せた。

「……というても肩が痛いわ」

「少し、お擦《さす》りしましょう」

「……あかんて、嫁入り前の娘はんが」

するっと入りこむように近づいた佐夜に、一夜が慌てた。

佐夜はすでに夜着、襦袢《じゅばん》姿になっている。長物を脱いだ襦袢姿は、露骨とまで言わないが、一夜に女らしい体型を十二分に理解させた。

「真正面をお向きくださいませ」

佐夜が一夜の止めようとした手をかいくぐり、背中に回った。

「なにを」

「……硬くなられすぎでございまする」

呆然《ぼうぜん》とした一夜の首筋から肩を佐夜がもみほぐし始めた。

「あのなあ、夜中に娘が男のとこへ来るだけでも……うまいな」

佐夜を説得しようとした一夜が、思わず感心した。

「父と母が肩から首が辛《つら》いとよく申しておりましたので」

「按摩《あんま》したげてたんや。親孝行やなあ」

後ろに回ったことで佐夜の姿が見えなくなったことに一夜が安堵した。

「……殿さま」

「なんや」

訊きたいことがあると匂わせた佐夜に、一夜が許した。

「兄から聞いておりまする。殿さまは但馬守さまに捨てられたお方だと。柳生は恨まれて当然だと」

「素我部《すがべ》はんも、要らんことを」

広める話でもなかろうと一夜が嘆息した。

「恨んでるかどうかと言われたなら、恨んでるで」

一夜が答えた。

「恨んでいるならば、なぜ当家のためにここまでなさいます」

「第一はさっさと柳生家の財政の基礎を作って、わたいがいてへんでも回るようにするためや」

「いなくなる……柳生家を離れられると」

佐夜が息を呑んだ。

「離れる。わたいは大坂で商いをするんや。なんも生み出さへん、人を殺すことが名誉やちゅうような武家は御免や」

はっきりと一夜が断言した。

「第一と仰せでしたが、第二は」

「……見逃せへんなあ」

一夜が苦笑した。

「………」

少し佐夜が揉《も》む力を強くした。

「しゃあないなあ」

無言で話して欲しいと求める佐夜に一夜がため息を吐いた。

「お母《かあ》はん……早ように死んださかい、顔も思えてないけどな。そのお母はんが惚《ほ》れた男が柳生の殿さんや。まあ、ちょっと普通やない状況で出会ったけど……どんな男やという興味もあったし……」

一夜がそこで一度言葉を切った。

「このまま見過ごして、柳生が潰れたらお母はんが悲しむかも知れんやろ。なにも親らしいことはしてもらえへんかったというか、したかったやろうけど病に負けたお母はんは悔しかったやろう。惚れた男との数少ない逢瀬《おうせ》で生まれた子を遺《のこ》して死ななかんかった。その無念を考えるとなあ。わたいが殿さんを嫌うのは、わたいの事情や。わたいは生涯殿さんを父とは呼ばへんからな。柳生への手伝いはお母はんへの供養やと割り切ってる」

しんみりと一夜が語った。

「ああ……」

佐夜が感極まったような声を出して、一夜の背中に抱きついた。

「なにをっ」

一夜が柔らかい感触と温かさ、女の匂いに焦った。

「殿さま、なんといじらしい」

「おわっ」

文机《ふづくえ》と佐夜に挟まれて動けなかった一夜は、反応することもできなかった。

佐夜が一夜の背中に身体を擦《こす》りつけるようにしながら中腰になり、胸に一夜の顔を抱えこんだ。

「ちょ、ちょっと待ちい」

一夜が必死で手を突っ張って、佐夜を引き離した。

「わたいは男、佐夜はんは女や。簡単にまちがいは起こんやで」

「はい」

「わかっててやったんかいな」

堂々とうなずく佐夜に、一夜が目を剝《む》いた。

「打算がないとは申しませぬ。女ですから、少しでもよいお方のもとへ嫁ぎたいと考えてはおりまする。十石あるかないかという貧しい門番の娘からすれば、百石の殿さまはまさによき殿方」

「……まあ、それはわかるけど。男もどうせなら別嬪《べっぴん》さんがええからな」

佐夜の言うことに一夜は同意した。

「ですが、殿さまのお母さまを慕うお気持ちに、感極まりまして、ついご無礼なまねをいたしてしまいました。申しわけもございませぬ」

すっと離れた佐夜が手を突いて詫《わ》びた。

「無礼とは思わへんで。どっちかというと果報やけどな。あんまり酷なことせんとってんか」

「酷な……」

「佐夜はん、あんたは別嬪さんや。大概の男なら、なんとかしたいと思うやろ」

驚いた佐夜に、一夜が続けた。

「わたいもそう思うときがないとは言わへんけど、今、そっちにうつつを抜かしている間がないねん。まずは柳生をどうにかせんならんからな」

「………」

佐夜がじっと一夜を見つめた。

「それにな、わたいには大坂に待たしている人がおんねん」

「許嫁《いいなずけ》さまですか」

「いや、まだそこまでやない。二度ほど会ったていどや。けど、その人に大坂へ戻ったらきっちり話をすると約束してあるねん。それが、じつは江戸で好きな女ができたなんぞ、言えるか。そんなん、男の風上にも置けへんやろ」

一夜が語った。

「そのお方さまは、どのような」

「つきあいのある商家の姉妹でな。おまはんに負けへんほどええ女や」

訊かれて一夜は答えた。

「殿さま」

不意に佐夜の声が低くなった。

「な、なんや」

突然雰囲気の変わった佐夜に、一夜が驚いた。

「今、姉妹と申されましたか」

「言うたけど……」

「殿さまは、大坂の姉妹に声をかけていると。つまり、二股」

「二股なんて、そんなことはしてへんがな。三姉妹やから二股とは違う……ひっ」

冗談めかした一夜が、佐夜に睨まれて悲鳴をあげた。

「誠実なお方だと感心いたしておりましたのに……このような人倫に外れた……わたくしも汚されてしまうのですね」

「ちゃうで。なんか三人をもてあそんでいるように思われてるけど、ちゃうからな」

愕然《がくぜん》とした佐夜に、一夜は大坂でのことを説明した。

「……嘘《うそ》やないで。武藤《むとう》はんが一緒やったさかい、訊いてくれ」

一夜は必死になった。

「………」

「とりあえず、仕事がまだあるから」

睨み続けている佐夜を、一夜はどうにか部屋から追い出した。

「かなんなあ」

一夜が嘆息した。

「一体なにを考えてんねんやろ。色仕掛けしてくるのは予想してたけど……その割に、最後は身体の動きに嘘がなかった。本気で怒ってたなあ」

商売で相手の思惑を探るのは、まさに生死にかかわる大事であった。

本当にこの値で妥当なのか、不当な利益を稼ごうとしていないか、だまして大損させようと考えているのではないか、それを見抜かなければ、あっという間に店を潰す羽目になる。

「ええか、話をしている、話を聞いている、どちらのときでも相手の瞳と喉を見とき。嘘を吐いているときは、目の玉が揺れる。揺れるというのは、こっちの目を見んということや。こちらから目を合わせにいっても、すっと逃げよる。こいつは、あかん。絶対商いの対象にしてはあかん。金を持って逃げるか、かなり酷いものを摑《つか》まされるか、下手《へた》したらご禁制のもんを押しつけられる」

一夜の祖父淡海屋七右衛門《おうみやしちえもん》が教訓として、ずっと言い続けている。

「でもな、なかには肚《はら》の据わった悪者がおるでな。だますことに慣れた奴、だますことを悪いと思ってない奴は目を合わしてきよる。こういった連中は目を頼りにしたらあかん。目ではなく、喉仏を見とき。そういった連中は、目に動揺を映さんように気をつけてる。そのぶん、呼吸の乱れや唾を呑んだりが出やすい」

淡海屋七右衛門が秘伝を述べた。

「ただな、一つだけどないしようもないのがある。それは善悪のわからん阿呆《あほ》や。なにがよくてなにが悪いかわかってへん阿呆は、己が正しいと思いこんでいるからな、瞳にも喉元にも動きが出えへん」

「そんなときはどないしたらええねん」

首を横に振る淡海屋七右衛門に一夜が問うた。

「その商いはあきらめ。わからんと少しでも感じたなら、止まり。それが店を救う。一夜が断ったことで、その儲け話が他の店へ流れて、大儲けしたとしても気にしいな。わけのわからん商いは博打《ばくち》や。大儲けの裏には、かならず大損がいてる。商いは堅実にするもんやで」

淡海屋七右衛門が微笑みながら一夜に教えた。

「……佐夜はんは、どれや。抱きついてくれたときの目はまっすぐやった。その後、大坂に返答を待たしている相手がいてると言うたときは、喉元が少し動いた。それが信濃屋《しなのや》のお嬢たちやと知らせたときは、どこにも違和はなかった。偽りと真《まこと》、それが入り交じっているなんぞ、どないしたらええねん」

一夜が頭を抱えた。

「一番楽なんは、佐夜はんを辞めさせることや。女中やなくなったら、わたいに近づく理由を失う」

頬をゆがめながら、一夜が呟いた。

「しかし、そうしたら素我部はんを敵に回す……」

一夜が嘆息した。

「……それより、佐夜はんを今更手放されへんわ。便利すぎる。欲しいときに欲しいものが言わんでも出てくる。飯もわたいの好みの味付けになってる。無理な仕事でもできてるのは、身の廻《まわ》りのことを考えんですんでるからや。佐夜はんがおらへんなったら……ぞっとせんな」

どうしようかと一夜は悩んだ。

佐夜は台所脇の女中部屋に戻っていた。

「くノ一の術にまったくかからぬと思っておったら、大坂に女がいたか。それも三人だと」

灯りも点《つ》けずに佐夜が独りごちた。

「まあ、三人が五人でも構わぬが、口約束しかしてない女に吾が敵《かな》わぬなどありえぬ」

佐夜が立ちあがるなり、するりと衣服を脱ぎ落とした。

「どのような男でも虜《とりこ》にするよう、物心ついたころから鍛え磨いたこの身体。男の心を摑むために身につけた料理を始めとする気遣い。それが通じぬなど……」

素裸で佐夜が唇を嚙《か》んだ。

「なれば、どのような女どもなのか、調べてくれようぞ」

すばやく衣服を身に着けた佐夜が、素我部一新《いっしん》の長屋へと向かった。

小学館文庫
好評既刊

勘定侍 柳生真剣勝負〈一〉召喚

上田秀人

ISBN978-4-09-406743-9

大坂一と言われる唐物問屋淡海《おうみ》屋の孫・一夜は、突然現れた柳生家の者に御家を救えと、無理やり召し出された。ことは、惣目付《そうめつけ》の柳生宗矩《むねのり》が老中・堀田加賀守《かがのかみ》より伝えられた、四千石の加増にはじまる。本禄と合わせて一万石、晴れて大名となった柳生家。が、大名を監察する惣目付が大名になっては都合が悪い。案の定、宗矩は役目を解かれ、監察される側に立たされてしまう。惣目付時代に買った恨みから、難癖をつけられぬよう宗矩が考えた秘策が一夜だったのだ。しかしなぜ召し出すのが商人なのか？　廻国中の柳生十兵衛も呼び戻されて。風雲急を告げる第１弾！

小学館文庫
好評既刊

勘定侍 柳生真剣勝負〈二〉
始動

上田秀人

ISBN978-4-09-406797-2

弱みは財政――大名を監察する惣目付《そうめつけ》の企てから御家を守らんと、柳生家当主の宗矩《むねのり》は、勘定方を任せるべく、己の隠し子で、商人の淡海屋《おうみや》一夜《かずや》を召し出した。渋々応じた一夜だったが、柳生の庄で十兵衛に剣の稽古をつけられながらも石高を検分、殖産興業の算盤を弾く。旅の途中では、立ち寄った京で商談するなどそつがない。が、江戸に入る直前、胡乱《うろん》な牢人らに絡まれ、命の危機が迫る……。三代将軍・家光から、会津藩国替えの陰役を命ぜられた宗矩。一夜の嫁の座を狙う、信濃屋の三人小町。騙し合う甲賀と伊賀の忍者ども。各々の思惑が交錯する、波瀾万丈の第２弾！

小学館文庫
好評既刊

徒目付 情理の探索
純白の死

青木主水

ISBN978-4-09-406785-9

上司である公儀目付の影山平太郎から命を受けた、徒目付《かちめつけ》の望月丈ノ介は、さっそく相方の福原伊織へ報告するため、組屋敷へ向かった。二人一組で役目を遂行するのが徒目付なのだ。正義感にあふれ、剣術をよく遣う丈ノ介と、かたや身体は弱いが、推理と洞察の力は天下一品の伊織。ふたりは影山の「小普請《こぶしん》組前川左近の新番組頭への登用が内定した。ついては行状を調べよ」との言に、まずは聞き込みからはじめる。すぐに左近が文武両道の武士と知れたはいいが、双子の弟で、勘当された右近の存在を耳にし——。最後に、大どんでん返しが待ち受ける、本格派の捕物帳！

うちの宿六が十手持ちで すみません

神楽坂　淳

ISBN978-4-09-406873-3

江戸柳橋で一番人気の芸者の菊弥は、男まさりで気風《きっぷ》がよい。芸は売っても身は売らないを地でいっている。芸者仲間からの信頼も厚い菊弥だが、ただ一つ欠点が。実はダメ男好きなのだ。恋人で岡っ引きの北斗は、どこからどう見てもダメ男。しかも、自分はデキる男と思い込んでいる。なのに恋心が吹っ切れない。その北斗が「菊弥馴染みの大店が盗賊に狙われている」と知らせに来た。が、事件を解決しているのか、引っかき回しているのか分からない北斗を見て、菊弥はひとり呟くのだった。「世間のみなさま、すみません」――気鋭の人気作家が描く、捕物帖第一弾！

小学館文庫
好評既刊

脱藩さむらい

金子成人

ISBN978-4-09-406555-8

香坂又十郎は、石見国、浜岡藩城下に妻の万寿栄と暮らしている。奉行所の町廻り同心頭であり、斬首刑の執行も行っていた。浜岡藩は、海に恵まれた土地である。漁師の勘吉と釣りに出かけた又十郎は、外海の岩場で脇腹に刺し傷のある水主の死体を見つける。浜で検分を行っていると、組目付頭の滝井伝七郎が突然現れ、死体を持ち去ってしまった。義弟の兵藤数馬によると、死んだ水主の正体は公儀の密偵だという。後日、城内に呼ばれた又十郎は、謀反を企んで出奔した藩士を討ち取るよう命じられる。その藩士の名は兵藤数馬であった。大河時代小説シリーズ第１弾！

小学館文庫
好評既刊

死ぬがよく候〈一〉 月

坂岡 真

ISBN978-4-09-406644-9

さる由縁《ゆえん》で旅に出た伊坂八郎兵衛は、京の都で命尽きかけていた。「南町の虎」と恐れられた元隠密廻り同心も、さすがに空腹と風雪には耐え切れず、ついに破《や》れ寺《でら》を頼り、草鞋《わらじ》を脱いだ。冷えた粗菜にありついたまではよかったが、胡散臭《うさんくさ》い住職に恩を着せられ、盗まれた本尊を奪い返さねばならぬ羽目に。自棄《やけ》になって島原の廓《くるわ》に繰り出すと、なんと江戸で別れた許嫁《いいなずけ》と瓜二つの、葛葉《くずのは》なる端女郎《はしじょろう》が。一夜の情を交わした翌朝、盗人どもを両断すべく、一条戻橋《いちじょうもどりばし》へ向かった八郎兵衛を待ち受けていたのは……。立身《たつみ》流の秘剣・豪撃《こわうち》が悪党を乱れ斬る、剣豪放浪記第一弾！

小学館文庫
好評既刊

春風同心十手日記〈一〉

佐々木裕一

ISBN978-4-09-406843-6

定町廻り同心の夏木慎吾が殺しのあったという深川の長屋に出張ってみると、包丁で心臓を刺されたままの竹三が土間で冷たくなっていた。近くに女物の匂い袋が落ちていたところを見ると、一月前に家を出ていった女房おくにの仕業らしい。竹三は酒癖が悪く、毎晩飲んでは、暴力をふるっていたらしいのだ。岡っ引きの五郎蔵や女医の華山らに助けを借りて探索をはじめた慎吾だったが、すぐに手詰まってしまい……。頭を抱えて帰宅した慎吾の前に、なんと北町奉行の榊原忠之が現れた!?　しかも、娘の静香まで連れているのは、一体なぜ？　王道の捕物帳、シリーズ第一弾！

小学館文庫
好評既刊

突きの鬼一

鈴木英治

ISBN978-4-09-406544-2

美濃北山三万石の主百目鬼一郎太の楽しみは月に一度の賭場通いだ。秘密の抜け穴を通り、城下外れの賭場に現れた一郎太が、あろうことか、命を狙われた。頭格は大垣半象、二天一流の遣い手で、国家老・黒岩監物の配下だ。突きの鬼一と異名をとる一郎太は二十人以上を斬り捨てて虎口を脱する。だが、襲撃者の中に城代家老・伊吹勘助の倅で、一郎太が打ち出した年貢半減令に賛同していた進兵衛がいた。俺の策は家臣を苦しめていたのか。忸怩たる思いの一郎太は藩主の座を降りることを即刻決意、実母桜香院が偏愛する弟・重二郎に後事を託して単身、江戸に向かう。

小学館文庫
好評既刊

陽だまり翔馬平学記
姫の守り人

早見 俊

ISBN978-4-09-406708-8

軍学者の沢村翔馬は、さる事情により、美しい公家の姫・由布《ゆう》を守るべく、日本橋の二階家でともに暮らしている。口うるさい老侍女・お滝も一緒だ。気分転換に歌舞伎を観に行ったある日、翔馬は一瞬の隙をつかれ、由布を何者かに攫《さら》われてしまう。最近、唐土《もろこし》からやって来た清《しん》国人が江戸を荒らしているらしいが、なにか関わりがあるのか？　それとも、以前勃発した百姓一揆で翔馬と敵対、大敗を喫し、恨みを抱く幕府老中・松平信綱の策謀なのか？　信綱の腹臣は、高名な儒学者・林羅山の許《もと》で隣に机を並べていた、好敵手・朽木誠一郎なのだが……。シリーズ第一弾！

小学館文庫
好評既刊

浄瑠璃長屋春秋記
照り柿

藤原緋沙子

ISBN978-4-09-406744-6

三年前に失踪した妻・志野を探すため、弟の万之助に家督を譲り、陸奥国平山藩から江戸へ出てきた青柳新八郎。今では浪人となって、独りで住む裏店に『よろず相談承り』の看板をさげ、見過ぎ世過ぎをしている。今日も米櫃《こめびつ》の底に残るわずかな米を見て、溜め息を吐いていると、ガマの油売り・八雲多聞がやって来た。地回りに難癖をつけられていたところを救ってもらった縁で、評判の巫女占い師・おれんの用心棒仕事を紹介するという。なんでも、占いに欠かせぬ亀を盗まれたうえ、脅しの文まで投げ入れられたらしい。悲喜こもごもの人間模様が織りなす、珠玉の第一弾。

本書のプロフィール

本書は、小学館文庫のために書き下ろされた作品です。

小学館文庫

勘定侍《かんじょうざむらい》 柳生真剣勝負《やぎゅうしんけんしょうぶ》〈三〉

画策《かくさく》

著者 上田秀人《うえだひでと》

二〇二一年二月十日　初版第一刷発行

発行人　飯田昌宏
発行所　株式会社 小学館
〒一〇一-八〇〇一
東京都千代田区一ツ橋二-三-一
電話　編集〇三-三二三〇-五九五九
　　　販売〇三-五二八一-三五五五
印刷所――中央精版印刷株式会社

ISBN978-4-09-406874-0